ペギーの居酒屋

喜多嶋 隆

角川文庫
20049

ペギーの居酒屋　目次

1　お代はいらないから、出てって

「ちょっと、お客さん」

わたしは言った。店のカウンター、その中から目の前にいるお客に言った。2人で飲んでいる客の片方が、わたしを見た。

「お客さんって、おれのことか？」と言った。

「そうよ、あんたしかいないでしょう」

夜の9時過ぎ。文京区・千駄木。団子坂下《だんござかした》にある居酒屋〈休《きゅう》〉だ。いま、客はこの2人しかいない。わたしは、オーダーされた〈だし巻き玉子〉をつくっていた。

2人の客は、中年男と二十代の女性。会社の上司とOLという感じだった。上司の方は、一見して四十代後半のおじさん。濃紺のスーツを着て、地味なストライプのネクタイをしめていた。メタルフレームの眼鏡をかけて、少し白髪の混ざった髪は、きっちりと七三に分けている。いかにも、お堅い真面目なサラリーマンという感じだ。OLの方は、27歳か28歳。わたしと同じ年頃に見えた。そこそこ整った顔立ちをしている。髪は、ショートボブ。もう初夏が近いので、七分袖《そで》のカットソーを着ている。

この2人が店にきたのは、1時間ほど前だ。その時、店に客はいなかった。わたしがアクビをしていると横開きの入口が開いた。初めて見る顔が、店内をのぞいた。店をのぞいたサラリーマン風のおじさんは、カウンターの中にいるわたしを見て、かなり驚いている。

まあ、無理もないだろう。下町っぽい雰囲気の団子坂下。赤い提燈《ちょうちん》の下がっている居酒屋。そのカウンターの中にいるのが、金髪の外人娘なのだから……（わたしは日米のハーフなのだけど、ぱっと見ではブロンドのアメリカ娘そのものだ）。

客のそんな反応には、もう慣《な》れてきていた。わたしは日本語で、

「いらっしゃい」

と言ってあげた。すると、おじさんは安心したらしい。OLらしい連れと、店に入

ってきた。席を選ぶほど、店は広くない。L字型のカウンター席だけ。わたしの前に6人分、左側に2人分の席があるだけだ。

その中年男とOLらしい連れは、わたしの前に座り、飲みはじめた。

飲みはじめたのはいいけれど、おじさんは焼酎《しょうちゅう》をロックで飲む。それも、かなり速いピッチで飲んでいる。

おじさんは、初めガーデニングか何かの話をしていた。板橋区にある自宅。その庭で、いろいろな草花を手入れしているようだ。バラの花をきれいに咲かすのがいかに難しいか、などと平和な話をしていた。

ところが、飲むほどに顔が赤味を帯びてくる。話が、しだいに怪しい方向にむかっていく。「ほら、オシベとメシベって、学校で習っただろう」から、男と女の話に変わっていく。おじさんは、さらに飲む。

「いま、オシベじゃなかった、彼氏、いるの？　いないんだろう」と、OLに迫りはじめた。その目が、いやらしく光りはじめている。かなり酔った口調で、

「大人の男とつき合ってみるのもいいよ。どう、今夜あたり」と、OLの顔をのぞき

込む。酒臭い息が、カウンターのこっちにいるわたしにまで感じられる。OLの彼女は、「やだったら、課長」などと言って、攻撃をかわしている。それでも、〈課長〉の勢いは止まらない。とうとう、嫌がっている彼女の肩を片手で抱き、引き寄せようとした。そのときだった。

「ちょっと、お客さん」と、わたしは言った。セクハラ課長は、わたしを見る。

「お客さんって、おれのことか？」と間抜けな声を出した。

「そうよ、あんたしかいないでしょう」わたしは言った。同時に、持っていた菜箸《さいばし》を相手に向けた。「セクハラ現行犯で退場ね」

言うなり、菜箸を置く。カウンターの端を回り、おっさんの席へ。後ろから相手のスーツの襟《えり》をつかむ。立ち上がらせた。おっさんのスーツからは、防虫剤の臭いが感じられた。

「何を……」と相手。けど、相当に酔っているので、すでに体がふらついている。

「何もクソもないわ。お代はいらないから、とっとと出てって」わたしは言った。おっさんを、ぐいぐいと引っ張っていく。店の出入口を開ける。おっさんを、外へ押し出した。押し出されたおっさんは、顔をまっ赤にして、足もとをふらつかせながらも、何かわめく。わたしにつかみかかろうとした。

けど、酔ってるせいで動きがとろい。つかみかかろうとした手を、わたしは払いのける。右手の拳《こぶし》をかためた。おっさんに一撃くらわせようとした。

そのときだった。わたしの右手を、誰かがつかんだ。がっしりとした手が、わたしの手首をつかむ。同時に、

「やめとけ」という声がした。低く落ち着いた声だった。ふり向く。立っているのは勇一郎だった。

「こんな酔っぱらい、殴ったら損だ。怪我《けが》でもさせたら訴えられるぜ。やめとけよ」

勇一郎は言った。わたしの手を離す。ふらついているおっさんの腕をぐいとつかむ。

「さあ、帰るんだな」と言った。

「ふう……」わたしは、軽くため息をついた。勇一郎は、カウンター席の片隅に腰かける。

わたしたちは、おっさんを、タクシーに押し込んだ。本人が持っていたカバンと一

緒に、運転手さんにまかせた。わたしと勇一郎は、走り去るタクシーを見送り、店に戻った。

店には、OLらしい彼女が一人でいた。カウンター席に座ったまま、「どうでした？」と訊《き》いた。わたしは、タクシーに押し込んで帰したことを話した。

「ご迷惑をおかけしました」と彼女。頭を下げる。わたしは〈いいのよ〉という笑顔をつくってあげた。

足音がした。店の奥から、中鴨《なかがも》さんが出てきた。この居酒屋〈休〉の店主だ。杖《つえ》をつき、ゆっくりとした足どりで歩いてくる。膝《ひざ》と腰の具合が悪く、ふだんは店の奥にある部屋にいる。

「ペギー、どうした。なんか騒がしかったが……」と中鴨さん。わたしは、「どうってことないわ。酔っぱらいを追い出しただけ」と言った。中鴨さんは、ちょっと笑顔を見せてうなずく。また、杖をつき奥に戻っていった。その後ろ姿を見ていた勇一郎が、

「ガモさんの脚、また少し悪くなったみたいだな……」とつぶやいた。店の常連客や近所の人から、中鴨さんは〈ガモさん〉と呼ばれている。

わたしは、勇一郎を見た。

「いつものビール？」と訊いた。勇一郎が、うなずいた。わたしは、冷蔵庫からサッポロビールを出した。グラスと一緒に、勇一郎の前に置いた。

勇一郎は、鮮魚店の後とり息子だ。店はすぐ近くにあり、この居酒屋で使う魚介類は、彼の店から仕入れている。

わたしは、目の前にいるOLらしい彼女を見た。「おかわりする？」と訊いた。彼女はレモンサワーを飲んでいた。ゆっくりしたペースだけれど……。

「どうしようかな」と彼女。「飲んじゃえば。嫌なやつもいなくなったことだし」わたしは言った。彼女は少し考え、「じゃ、お願い」と言った。わたしは笑顔を見せ、新しいレモンサワーをつくりはじめた。手を動かしながら、

「お勤めも大変ね……。セクハラにも遭《あ》うし」と言った。彼女は、苦笑いしながら、

「確かに……」と言った。

そう、確かに、そうなのだ。つい1ヵ月前まで会社勤めをしていたわたしには、それが理解できた。

2　その目は笑っていなかった

わたしは、ある広告代理店に2年近く勤めていた。もともとニューヨークに本社がある大手の広告代理店。そこが、日本に支社をつくった。アメリカ製品を日本で販売しようとするとき、その広告キャンペーンを展開するのが主な仕事だった。

わたしはハワイ育ちなのだけれど、ホノルル・アドバタイザーという新聞に出ていた求人広告を見て応募した。日本語と英語を充分に読み書きできる。そして、ハワイ大学でマーケティング、つまり市場調査や市場の動向を分析する勉強をしてきたことが、採用の決め手になったようだ。

わたしは、正式に採用され、ハワイから日本にやってきた。広告代理店の東京支社は、表参道にあった。そこのマーケティング部で、わたしは仕事をはじめた。ハワイには、企業が少ない。ということは、ホワイトカラーの仕事も少ない。ハワイ大学を出た人が、ビーチで貸しサーフボード屋のバイトをしているなんてことが珍しくないのが現実だ。それを考えると、わたしはラッキーだと思えた。

会社のオフィスは洒落《しゃれ》ていた。働いているのは、日本人とアメリカ人が半々。みな知的な感じだった。いい職場だと感じられた。

けれど、世の中、そう、うまくはいかないものだ。

それは、わたしが仕事をはじめて1年以上が過ぎた頃だった。日本人の上司に呼ばれた。小さな会議室で向かい合った上司は、数ページの書類をわたしに差し出した。

それは、わたしがつくったマーケティングの資料だった。

広告主《クライアント》は、アメリカの自動車メーカーであるG社。日本で新車の販売をしようとしている。その広告キャンペーンを、わたしが勤めている広告代理店が展開する予定になっていた。

そのキャンペーンのためのマーケティング資料を、わたしがつくった。日本の主要な大都市とその郊外で、G社の知名度を調査した。その結果が、数ページの資料になっていた。

上司は、その資料を開く。人さし指で、ページを軽く叩《たた》いた。やや狡猾《こうかつ》な表情を浮かべ、

「この数字、少し変えてくれる？」と言った。わたしには、一瞬、なんのことかわからなかった。ポカンとしていると、上司は言葉を続ける。各地域で調べたG社の知名度、その数字を、それぞれ15パーセントずつ下げてくれという。それだけ言うと、

「じゃ、よろしく」

と上司。〈書類のコピー、とっといて〉と言うのと同じような気軽な口調で言い、会議室を出ていった。

わたしは、そのままテーブルに向かっていた。目の前にあるマーケティングの資料をじっと見つめた。

10分ほどで、事態が把握できてきた。G社の日本各都市における知名度の数字……。それを下げるということは、G社の知名度が日本ではより低いという根拠《こんきょ》になる。

となると、日本で新車を発売しようとしているG社としては、多くの広告費をかける必要があると判断するはずだ。キャンペーンの制作費にも、CMなどを流す媒体費にも、より多くの費用をかけることになる。何百万円、いや何千万円と増額した広告費を使うことになるだろう。

そうなれば、どうなるか……。

G社の広告キャンペーンを全面的にうけおっているうちの代理店には、増えた費用のほとんどが入ることになる。早い話、データを変えるだけで、まる儲《もう》けになるのだ。

翌日、わたしは上司と向かい合った。

「これって、データのごまかしじゃないんですか」と言った。上司は、平静な表情で、「ごまかしでなくて改善《かいぜん》だよ」と言った。「より多くの広告費をかければ、それだけ新車は売れる。G社にとっても悪いことじゃない」と、つけ加えた。

わたしが、「でも……」と言うと、上司は薄笑いを浮かべ、「会社というのは、利益を上げることを最優先にする。それが資本主義の原則ってものだ。君だって、わかるだろう」と言った。それ以上、何を言っても無駄という感じだった。

さらに5ヵ月後。同じことが起きた。アメリカに本社を置くK社というハンバーガーチェーンが日本で店舗数の増大を計画しているという。これまでは、広尾と恵比寿に2店舗だけ、アンテナショップを出している。それを、日本全国に展開したいという。

そのための市場調査を、わたしが中心になってやった。各地で、K社の知名度を調べた。このハンバーガーショップは、よく流行を先取りする雑誌にとり上げられ、そこそこの知名度はあった。

そのマーケティング資料をわたしがつくると、2日後、上司に呼ばれた。また、2人だけで会議室に入る。もう、その理由はわかっていた。

「データのごまかしですね」と、わたしは切り出した。上司は「まったく君は……」と言った。乾いた笑い声を上げながらも、その目は笑っていなかった。冷たく鋭い視線で、わたしを見ていた。

結局、わたしは市場調査のデータを書き変えた。

が……その翌月から、わたしの仕事に変化が起きた。大企業からの仕事はなくなり、小さな市場調査ばかりがくるようになった。手間はかかるが、成果はあまり期待できない仕事ばかりだった。

ある程度の予想はしていたけれど、さすがに、わたしは落ち込んだ。そんなとき親しくなったのが、道久《みちひさ》だった。

あれは、季節のページがめくられ、秋から冬に変わろうとしている頃だった。

夜の8時半。わたしは、まだ仕事をしていた。手間だけはかかり、ほとんど手ごたえのない仕事を続けていた。うんざりした気分で……。しかも、これから寒い冬になる。ハワイ育ちのわたしには気分の重い季節でもあった。

ひんやりとしたオフィスは静まり返っていた。このフロアで仕事をしているのは、わたしだけかもしれない。ときどきため息をつきながら、わたしは仕事をしていた。

こんな会社、さっさと辞《や》めて、ハワイに帰ろうかとも思っていた。けれど、ここに採用され、日本にいくことになったとき、すごく喜んでくれた母親の顔を思い起こす。会社を辞めてハワイに帰ったら、かなりがっかりするかもしれないなあ……。そんなことが頭のすみをよぎる。

わたしが、その日、50回目ぐらいのため息をついたとき、足音がきこえた。デスクについたまま、ふり向く。道久が、ゆっくりとした足どりでやってくるのが見えた。彼のフルネームは、野澤《のざわ》道久。仕事は媒体《ばいたい》の担当だ。

媒体の担当は、それなりに難しい。たとえば、あるクライアントのCMを流す場合、どの番組の中で流したら効果があるのかを調べて決める。番組の視聴率はもちろん、その番組の視聴者は男女どちらが多いのか、その年齢層はどんな比率になっているのか……。それらのデータをにらみながら、CMを流す番組や、流す本数を決めて、クライアントのOKをとる。そういう仕事だ。

道久は、わたしと同じフロアで仕事をしている。一日のほとんど、パソコンに向かっている感じだった。

彼も、残業をしていたらしい。少し疲れた表情でわたしの方に近づいてきた。微苦笑し、

「お疲れさん」と言った。その言葉は、わたしにも、そして自分にも向けられているように感じられた。わたしも、かすかに苦笑した。〈まったく〉という感じでうなず

く。

「まだ終わらないの?」と道久。わたしはデスクの上を眺め、また軽くため息。「そろそろやめようかな……」と、つぶやいた。

「終わりなら、一杯飲みにいかない?」と道久。わたしは、3秒考え、うなずいた。開いていた資料をパタッと閉じた。「よし、いこう」と言った。

3　ダウンタウンの匂いがした

その夜、わたしと道久は青山通りにあるバーにいった。道久の行きつけらしい洒落《しやれ》たバー。ごく低いボリュームでジャズバラードが流れている、クールな空気感の店だった。

わたしと道久は、同じ職場にいるので話は合った。というより、いくら話してもつきない感じだった。道久は、穏《おだ》やかな性格で、きき上手だった。彼を相手に、わたしは思いきり話した。聞いてもらえるだけで、胸の中の曇がかなり晴れていくのを感じていた。

その夜、自分のベッドに入っても、道久の穏やかで優しい瞳《ひとみ》が心に消え残っていた。

それからも、道久とは仕事の帰りによく飲みにいくようになった。彼は、東京育ちらしく、いろんな店を知っていた。そこへわたしを連れていってくれた。

大人っぽい雰囲気のバーはもちろん、イタリアンの店、小料理屋、おでん屋まで連れていってくれた。そこで驚いたこと。たとえおでん屋で日本酒を飲んでいても、道久のしぐさはどこか優雅だった。まるで、フレンチレストランでシャンパンのグラスを口に運んでいるように……。その洗練された動作に、わたしはちょっと見とれていた。

わたしたちが、恋人と呼べるつき合いになるのに、それほどの時間はかからなかった。

あれは、2月初めの寒い日だった。土曜日の夕方。わたしは、代官山にある彼のマンションにいった。彼が、鴨鍋《かもなべ》をつくってくれるという。

わたしがいくと、すでに、鍋から湯気が立ちのぼっていた。予想通り、モノトーンで統一されたモダンテイストのインテリア。そのテーブルに鍋という組み合わせが意外だった。彼は、赤ワインを出してくれた。たぶん高級なワインなんだろう。けれど、そのことを何も言わない道久に、少し好感が持てた。

赤ワインを飲み、鴨鍋をつついていると、窓の外では雪がちらつきはじめていた。

その夜、わたしたちは、ごく自然にひとつのベッドに入った。ベッドの中でも、彼は優しかった。

ひと眠りして目覚めると、明け方だった。わたしは、彼の胸に頰を当て、窓の外を眺めていた。窓の外では、雪が本降りになっていた。わたしは、じっと、降りしきる雪を見ていた。薄明るい部屋。彼のかすかな寝息だけが聞こえていた。


それからの3ヵ月。わたしは、1週間おきぐらいに彼の部屋に泊まった。そのことは、なんとか会社でのプレッシャーに耐えることができた理由の一つだった。

それにも限界がきたのは、5月初めだった。金曜日の午後、上司に呼ばれた。嫌《いや》な予感がした。そして、そういう予感は当たるものだ。

上司は、ごく自然な口調で、

「来週から、資料室にいってもらうよ」と言った。話している間、わたしの顔を一度も見なかった。資料室とは、その呼び名通り、仕事に関する資料を保管しておく部屋だ。そこにまわされるということは、プロ野球にたとえれば、〈戦力外〉と宣告されたことになる。この上司にとって、わたしの存在がよほど目障《めざわ》りだったのだろう。

上司と話した2時間後、わたしは会社を出た。自分のデスクをきちんと整理し、会社を出た。まだ5時前だった。同僚たちは少し驚いた顔をしている。けれど、知ったことではない。どうせ辞《や》める会社なのだから……。

オフィスを出るとき、一瞬、道久を見た。彼は、わたしに気づかず、あい変わらずパソコンに向かっていた。その横顔をちらりと見て、わたしはエレベーターに向かった。

会社のビルを出る。足は自然に地下鉄の駅に向かっていた。東京メトロ千代田線の表参道駅だ。まだ、街並みは明るさに包まれていた。初夏を感じさせる、暖かい風が吹いていた。

風は頬に優しかったけれど、わたしの気持ちは複雑だった。

会社を辞める。不正を平気で強要する上司とバイバイする。それは、もちろん、すっきりとした気分だった。張りつめていた何かから解放される実感があった。

それと同時に、一種の挫折《ざせつ》感や不安を抱いていたのも確かだ。会社を辞めたのはいいけれど、これから先、どうするか……。できれば、ハワイには帰らず、日本でなんとかやっていきたい。でも、そのためには、どうする……。

そんな思いをかかえて、わたしは歩いていた。気がつくと、地下鉄の駅にきていた。いつもの習慣で、地下へおりていく。

立ち止まると、地下鉄の路線図の前だった。わたしは、路線図を眺めた。わたしが住んでいるマンションは、この表参道駅から2駅先の代々木公園駅で降り、歩いて5、6分のところにある。

わたしは、あらためて路線図を眺めた。千代田線の反対方向を見ると、乃木坂駅、赤坂駅、日比谷駅、大手町駅など都心を通る。そして北へのびている。

その先には湯島駅、根津駅、千駄木駅などがある。〈根津〉や〈千駄木〉という文字を、わたしはじっと見ていた。

日本にきて、もう2年近く。根津や千駄木という地名はよく目にしていた。そのあたりが、下町っぽい雰囲気の街であることも、情報として知っていた。下町っぽい街並み。どんなだろう……。

わたしは、迷子になった子供のように、地下鉄の路線図の前で立ちつくしていた。いまのわたしは、会社勤めから解放されたはいいけれど、先が見えない状況だ。そんな状況で自分の部屋に帰っても、さらに落ち込むだけだろう。それなら、いっそ、見たことのない街並みを歩いてみるのもいいのではないか。迷子の大人……それもいいじゃないか。わたしの心に、そんな思いがわき上がっていた。

5分ほど考え、わたしは決めた。いつもと逆方向のホームに向かっていた。

地下鉄は、すぐにやってきた。通勤の時間にはまだ早いので、すいていた。わたしは、がらがらのシートに腰かけた。地下鉄は動き出す。この瞬間、わたしの人生も大きく動きはじめていたのだ、あとから思い返せば……。表参道駅が、窓の外から見えなくなった。

わたしの迷いや不安をのせ、地下鉄は走る。乃木坂駅、赤坂駅、日比谷駅、大手町駅、湯島駅……。

結局、わたしは千駄木駅で地下鉄をおりた。あまり深い理由はない。〈千駄木〉という地名に少し惹《ひ》かれたのだろう。ホームから改札を出る。ゆっくりとした足どりで階段をのぼっていった。

地上に出た。そこは、交叉点《こうさてん》だった。広めの道路と細い道が交わる交叉点だった。広めの道路は〈不忍通り《しのばず》〉と表示されていた。わたしは、初めてきたその街並みを見回していた。

変わった街並みではない。けれど、会社のあった表参道周辺とは、あきらかに違っていた。表参道あたりには、大きな建物が多い。コンクリートとガラスの街という感じだった。

それに比べると、この千駄木は、建物が全体に小さめだ。不忍通り沿いには、マンションらしい建物もある。けれど、それぞれが小さかった。いろいろな店がある。商店、コーヒーショップ、飲食店らしいものなど……。

そして、わたしが最初に感じたのは匂いだ。街に吹いている微風、その匂いが、表参道とは違うのだ。

表参道の街並みには、匂いがほとんどない。あるとすれば、アスファルトと車の排気ガスの臭いぐらいのものだ。

ここ千駄木の街並みに立っていると、微《かす》かだけどさまざまな匂いが感じられる。それはコーヒーの匂いだったり、何かを料理しているような匂いだったり……。

　ふと見れば、交叉点の角には〈今川焼き〉の店があった。テイクアウトの店らしく、何人かの客が店の前に並んでいた。その近くには、焼き鳥屋もあるのが見えた。

　そんな街の匂いを感じているうちに、わたしは思い起こしていた。こんな、匂いにあふれた街並みが、ハワイにもある。それは、ホノルルのダウンタウンだった。そこには、中国系、ヴェトナム系など、さまざまな東洋系の人たちが店を持っていた。街を歩くと、中華料理を作っている匂いや、さまざまな香辛料、パクチーなどの香菜類の匂いがミックスされて、わたしを包んだ。そんなダウンタウンが、わたしは好きだった。

　そして、この千駄木の街並みにも惹かれていくのを感じていた。ここをしばらく探険してみることにした。

　とりあえず、街の奥へ入っていくことにする。広さのある不忍通りではなく、わき道に入っていくことにした。不忍通りと交叉している細めの道を歩いてみようと思った。

細めの道は、ごくゆるいのぼり坂になっている。左右には、さらにわき道もありそうだった。わたしは、その道に入っていく。

道のわきには〈団子坂〉と言う表示が見えた。ダンゴという言葉に、わたしは親しみを感じ、さらに進む。歩きはじめて、ほんの20メートル。左側に路地が見えた。

路地に入る角は、普通の一軒屋。そして、隣りはどうやら居酒屋らしい。赤い提燈《ちょうちん》が下がっていた。提燈には〈休〉という文字が見えた。

わたしは、その店の前にいってみた。木造の二階家。その一階が居酒屋になっているらしい。間口は狭い。どうやら小さな店らしい。おまけに、かなり古びている。木の看板があり、〈居酒屋　休《きゆう》〉と描《か》かれていた。そろそろ、黄昏《たそがれ》が近づいていた。薄暗くなっていく路地の古ぼけた赤い提燈に、少し寂しげな光が灯っていた。

そのとき、わたしはビールを飲みたくなっていた。冷えたビールをノドに流し込みたい、そんな欲求がこみ上げていた。きょうは、辛《つら》くやっかいな一日だった。一杯のビールで、そんな緊張をほぐしたい気分だった。わたしは、20秒ほど、店の前に立っていた。そして、横開きの入口を引く。店内をのぞいた。けれど、店に人の姿はなかった……。

4　ボロボロおじさん

店に人の姿はない、というのは、わたしの早とちりだった。店内に足を入れたわたしが、

「あの」と言うと、〈うー〉とか〈あー〉とか、くぐもった声が聞こえた。そして、カウンターの向こうに、白髪頭《しらが》が姿をあらわした。

その人は、カウンターの中で何かに腰かけていたらしい。わたしの声を聞いて、よろよろという感じで立ち上がった。

ごく短く刈り込んだ白髪。度の強そうな丸い眼鏡をかけている。その奥にある眼は、ボールペンで引いたように細い。おじさんは、六十代の後半に見えた。わたしを見て、

少し驚いた顔をしている。その理由はすぐにわかった。わたしが、まるっきり金髪の外国人に見えたせいだろう。わたしは平静な声で、

「お店、やってますよね」と言ってあげた。おじさんは、ちょっと安心した表情を浮かべた。

「やってることは、やってるけど……」と言った。そして、「酒はあるけど、つまみが少ないよ。それでよかったら」とつけ加えた。わたしは店内を見た。壁に、つまみのメニューが貼り出されている。縦長《たてなが》の紙に手書きの文字。しかも、小さい子供が書いたような文字だった。

確かに、短冊《たんざく》のようなその品書きが少ない。〈冷や奴《やっこ》〉〈カマボコ〉〈もろキュウ〉〈オリーブの実〉などが7、8品並んでいる。どれも、調理をしなくていいものばかりだ。

もともとは、かなりの品数があったのかもしれない。それが少しずつ減っていき、この数になったようだ。壁に並んでいる品書きが、歯欠けのようになっているので、それがわかった。

とりあえず、わたしはビールが飲みたかったので、おじさんに、

「ビールはあるでしょ？」と訊《き》いた。おじさんは、うなずいた。わたしは、冷や奴とビールを頼んだ。おじさんは、だるそうな動作で、サッポロビールの中瓶とグラスをわたしの前に置いた。

とりあえず、ビールは冷えていた。わたしはそれをグラスに注ぐ。一気にノドに流し込んだ。そして、ふーっと息をついた。やっぱりここはビールよね、と、胸の中でつぶやいていた。

やがて、冷や奴が出てきた。器に切れていない豆腐が盛られている。その上に醬油《しょうゆ》をかけ、削った鰹節《かつおぶし》がのせてある。鰹節は、削って袋に入っている市販のものだった。やけに手抜きだ。そんな表情をわたしがしたのか、おじさんは、

「このところ、膝《ひざ》と腰が悪くてねえ……。まともなものがつくれないんだよ」

と言った。眼鏡の奥の眼が苦笑している。人柄のよさそうな顔だった。わたしは、冷や奴を突つき、ビールを呑みながら、

「膝と腰か……」と、つぶやいた。おじさんは、うなずく。長年、この店で立ち仕事をやってきた。そのせいで、ここ数年、膝と腰をいためてしまった。そのことを、訥々《とつとつ》とした口調で話す。話しながら、カウンターの向こうで座り込んでしまった。お

じさんが座っているのは、ビールケースらしかった。

それをきいて、わたしは心の中でうなずいていた。立って調理ができないので、つまみの品数が減ってしまったらしい。

その30分後。わたしは、悪いと思いながらももろキュウをおじさんに頼んだ。おじさんは、うなずく。ちょっと辛そうにビールケースから立ち上がり、冷蔵庫からキュウリをとり出す。まな板にのせた。そして包丁を手にした。そのとたん、「たたた……」と言った。本人は「痛《いた》たた……」と言うつもりだったんだろう。腰のあたりを左手で押さえる。右手で持っていた包丁を置いた。その表情が苦しそうだった。

「大丈夫ですか？」わたしは言うと同時に、立ち上がっていた。カウンターの端をまわり込んで中に入った。おじさんの体を後ろからささえる。「座った方がいいわよ」と言い、ゆっくりとビールケースに腰かけさせた。おじさんは、「すまないね……」と言った。肩で息をした。自分の腰あたりに両手を当てる。

「情《なさ》けないなあ、まったく。体がボロボロだよ」と、おじさん。「長い間、立ち仕事をしてきたんだから、しょうがないじゃない」わたしは言った。それは本心からの言葉だった。

わたしの母親は、まだ四十代だ。けれど、長い年月、重いものを運ぶ仕事をしてきた。そのせいか、最近では腰痛に悩まされている。わたしにとって、腰痛は他人事《ひとごと》ではない。

「じゃ、もろキュウ、自分で作ってもいいかしら」わたしは、おじさんに言った。おじさんは、腰かけたまま、うなずいた。「すまないね」と言った。

わたしは包丁を手にした。手ぎわよく、キュウリを切った。味噌《みそ》は、たぶん冷蔵庫だろう。ドアを開けると、あった。皿に切ったキュウリと味噌をのせる。それを手に、カウンターの向こうに戻った。

味噌をつけたキュウリをかじり、ビールを飲む。キュウリの香りが、口の中に拡がっていく。ああ、なごむなあ……と胸の中でつぶやいていた。

ん、そういえば……。わたしは、ふと、思い出していた。店の入口、そのわきに〈アルバイト募集中〉の貼り紙がしてあったのを思い出す。少し考え、切り出した。

「あの……ここ、アルバイトを募集してるでしょう？」と訊いた。おじさんは、ビールケースに腰かけたまま、

「ああ……」と答えた。「おれの体がこんなだから、誰かに手伝ってもらえないかと思ってね」

おじさんは言った。わたしは30秒ほど考え、

「それって、わたしじゃダメかしら」と訊いた。おじさんは、かなり驚いた顔でわたしを見た。きょう、わたしは出勤するスタイルをしていた。白のシャツブラウスに、薄いブルーのジャケットを着ている。ブラウスも麻のジャケットも、安物ではない。そんなわたしを見て、おじさんは、

「あんたが？……でも、たいしたバイト料は出せないよ」と言った。そのことは予想していた。

「安くてもかまわないわ。だいいち、その体じゃ、いますぐにバイトが必要でしょう」わたしは言った。そして、会社を辞めるつもりだと簡単に説明した。

「そうか……会社を辞めるのか……」と、おじさん。わたしは、うなずいた。

「だから、明日からでもここで働けるわ」

「うーん……。といっても、いくら時給を払えるか、わからないしな……」おじさんは、ひたすらそのことを気にしている。

「時給なんか、いらないわ」わたしは言った。そして、おじさんと交渉をはじめた。わたしがここで働くとなれば、ほとんどの仕事を自分でやることになるだろう。そこで、おじさんに提案した。店の売上げから、必要経費を引く。残ったお金の半分をお給料としてもらうのはどうか、そんな交渉をした。おじさんは、小さくうなずきながら話をきいていた。

「それはいいけど、たとえば先月は、経費を引くと確か12万円にしかならなかったよ。ここは自分の家だから、なんとかできてるんだけど……」と言った。そうなると、わたしの給料は6万円ということになる。

いま、代々木公園でわたしが住んでいるワンルームマンションの家賃は約10万円だ。大手の広告代理店に勤めているから住める部屋だろう。6万円では、大幅に足りない。けれど、あの会社を辞めるのなら、この近くにある安い部屋に引っ越せばいいのだ。

それに、わたしの脳裏には、ある考えが浮かんでいた。

それは、ごく単純なことだ。いま、この店の肴《さかな》は貧弱すぎる。主人の体が悪いとしても、これでは飲みにくるお客が少ないのもわかる。当然、売上げは減ってくる一方だろう。

それなら、肴の品数を増やせばいいのだ。わたしは、おじさんにそのことを言った。

「増やすって言っても、どうやって……」と、おじさん。

「わたしがやるわ」

「あんたが？」おじさんは、かなり驚いた表情をしている。わたしは簡単に説明した。

ハワイ育ちなのだけれど、母子家庭ということもあって、経済的には苦しかった。大学にいく学費は、すべてバイトでまかなった。そのバイト先は、日本料理店だった。日本人観光客向けの店だが、ワイキキの中心部にあったので繁盛していた。当然、バイト代もよかった。わたしは、ハイスクールに通っていた頃から、ハワイ大学を卒業するまで、その店でバイトをしていた。最初はホールだったけれど、途中からは厨房《ちゅうぼう》に入った。いろいろな料理を教わり、つくれるようになった。

「へえ、母子家庭で苦労したのか……」と、おじさん。別に、隠《かく》しておくほどのことではない。わたしが、両親のことを話そうとしたとき、店の入口が開いた。中年男性が顔をのぞかせた。近くに住んでいる常連客らしく、サンダル履きだ。店に入ってく

ると、

「よ、ガモさん」と言った。店主のおじさんは、立ち上がりかけて、

「痛《いた》……」と顔をしかめた。カウンターの中で体がふらついた。わたしは急いでカウンターの中へ入り、おじさんの体をささえた。

5　家賃10万円には、もう住めないから

「うん、こりゃいける」と神林《かんばやし》さん。わたしが作っただし巻き玉子を口に入れ、その10秒後に言った。このおじさんの名前が神林だというのは、だし巻き玉子をつくりながら、店主の中鴨さんにきいた。神林さんは、五十代の後半だろうか。ふくよかな顔をして坊主刈りにしている。白いポロシャツを着ている。この近くにある和菓子屋の店主だと本人が言った。

〈ガモさん〉と呼ばれている居酒屋のおじさんが中鴨だということも、わたしは気づいていた。店の壁に〈防火責任者　中鴨次郎〉というプレートが貼られていたのを見ていた。

「ほんと、美味《うま》いよ、このだし巻き玉子。ガモさんが作るやつより美味い」と神林さんは、冷酒を口に運びながら言った。あまりに神林さんがほめるので、中鴨さんがビールケースからゆっくり立ち上がる。

「ちょい、ごめんよ」と言い、割り箸《ばし》を手にした。だし巻き玉子を一切れ口に入れた。口に入れしばらく。無言でいる。ということは、

「確かに美味い……。とてもハワイ育ちとは思えんな」と中鴨さんは正直に言った。

「へえ、おねえさん、ハワイ育ちなのか……」と神林さん。わたしは、うなずいた。だし巻き玉子で使ったたまご焼き器を洗っていた。

「部屋か……」と中鴨さん。ビールケースに腰かけたまま、つぶやいた。わたしがこの店を手伝うとすると、まず必要なのは部屋だ。いま住んでいる代々木公園のマンションは、ここから遠いし、家賃が高い。この店の近くで、家賃の安い部屋を探したい。そのことを切り出したところだった。

　すると、カウンターの向こうで冷酒を飲んでいた神林さんが口を開いた。

「そういえば、オオツジのばあさんが、家の離れを誰かに貸したいって言ってたな

あ」と言った。「ああ、オオツジのばあさんね」と中鴨さんも、うなずいた。

ここから歩いて6、7分のところに、大辻《おおつじ》さんという家がある。七十代中頃のおばあさんが、いま一人暮らしをしているという。家の敷地が広く、八畳間ほどの離れがある。そこを、誰かに貸したいと、そのおばあさんが言っているらしい。

「この前、うちへ水羊羹《みずようかん》を買いにきたときに、そんな話をしてたな。家賃がどうのっていうより、広い家で一人暮らしをしてるのが物騒《ぶっそう》だから借家人が欲しいらしい。若い女の借家人なら、歓迎じゃないかな」と神林さんは言った。そして、

「大辻のばあさんなら、家賃も安くしてくれると思うよ」と、つけ加えた。わたしは、ぜひぜひと神林さんに頼んだ。

その夜、自分のマンションに帰ろうとしていると、道久からラインがきた。まず、〈会社辞めるんだって？〉のひとこと。わたしは、〈たぶん、辞めると思う。また、くわしく話すわ〉と返した。しばらくすると、

〈わかった。くれぐれも慎重にね。なんでも相談してくれ〉と、あい変わらず優しい言葉が返ってきた。わたしは、スマホをしまう。また自分のマンションに向かって歩

きはじめた。

翌日の土曜日。わたしは、午前中から荷物の片づけをはじめた。引っ越しのためだ。もともと、持ち物は少ない方だ。ハワイにいた頃は、ほぼ一年中、Tシャツ姿。足もとはビーチサンダルだった。

広告代理店を辞め、居酒屋で仕事をするとなると、いらない服や靴がたくさんある。スーツ、ブラウス、スカート、そしてヒールのある靴などは、もう不要だ。わたしは、それを段ボール箱に放り込みはじめた。これは、リサイクルショップにでも売り払えばいい。

堅苦しいスーツや、疲れるハイヒールを箱に放り込んでいるだけで、心が軽くなっていくのを、わたしは感じていた。

午後2時には、千駄木に着いていた。約束通り、神林さんの店に顔を出した。

神林さんの店は、不忍通りに面していた。歴史のある和菓子屋という雰囲気。店に入ると、ほのかに甘い香りがした。ショーケースの向こうに、神林さんがいる。ポロ

シャツ姿だった。わたしを見ると、

「じゃ、ちょっと出てくる」と、店員らしい2人の女性に言った。ショーケースの向こうから出てくる。

神林さんとわたしは、並んで歩きはじめた。5月中旬の柔らかい陽が射していた。不忍通りをしばらくいき、団子坂下の交叉点《こうさてん》へ。右へ曲がり、団子坂を上がりはじめた。ゆるい登りで、片側一車線の通りだった。

団子坂をしばらく登ると、あたりの雰囲気が変わりはじめたのに、わたしは気づいた。団子坂下周辺は、下町っぽい感じがしていた。けれど、団子坂を上がっていくと、大きな家や、古い門がまえの屋敷がふえてくる。屋敷の塀の向こうに高い木立ちが見える。しっとりとした空気感が漂いはじめていた。

わたしがそのことを言うと、神林さんが、ゆっくりと歩きながら、

「千駄木といえば、明治・大正の時代に、文豪といわれる作家たちが住んでいたんだ。森鷗外《もりおうがい》や夏目漱石《なつめそうせき》なんかがこの近くに住んで小説を書いていたのは有名だね」と神林さん。その2人の名前は、わたしでも知っている。

「鷗外は一生のほとんど千駄木に住んでいたし、漱石があの『吾輩は猫である』を書

いた家も、この近くにあったんだよ」

神林さんは言った。わたしは、うなずいた。確かに、このあたりの落ち着いた雰囲気に、明治・大正の作家は似合っている。

「そういえば、これからいく大辻さんだけど、亡くなったご主人は英文学の翻訳《ほんやく》家で、奥さんは大学で日本文学の講師をやっていたんだ」と神林さん。わたしは、「へえ……」と、つぶやいた。やがて、道を右に曲がり50メートルほどいくと木造りの門があり〈大辻〉と表札の出ている家が見えてきた。かなり古そうな日本家屋だった。

神林さんが横開きの門を開け、わたしたちは中に入った。いろいろな草木が配置されている。その庭を20メートルほどいくと、母家があった。平屋の家だった。

神林さんは、玄関のわきにあるインタフォンのボタンを押した。しばらくして「はい」と女性の声。「神林です」と言うと、「ちょっと待ってて」と相手が答えた。

1分ほどすると、横開きの玄関が開いた。姿を現したのは、着物姿の女性だった。藍《あい》色がかった着物を、きちっと着こなしている。ほとんど白くなった髪を、後ろでひとつにまとめている。

確かに七十代には見える。けれど、お婆さんという感じではない。背筋がピンと伸びていて、表情には生気があふれている。その人は、神林さんとわたしに笑顔を見せ、「こんにちは」と言った。

わたしは、かなり驚いていた。日系人の多いハワイには、神社などもある。そこで、〈盆《ぼん》ダンス〉つまり盆踊りなどが開かれる。浴衣《ゆかた》を着た人たちがたくさん集まるけれど、これほどまで着物をぴしっと着こなした人を見たのは初めてだったからだ。

わたしがぼうっとしていると、神林さんが話しはじめた。すでに事前に連絡してあったらしく、

「まず、部屋を見てもらいましょうか」と大辻さんは言った。玄関を出て歩き出した。

紫陽花《あじさい》らしい茂みに囲まれた庭をいくと、小さな離れがあった。瓦《かわら》屋根の和風の離れだ。大辻さんは、その玄関に歩きながら、

「この離れは、亡くなった主人の仕事場用に造ったのよ」と言った。大辻さんの夫は、英文学の翻訳家だったときいている。

「主人は翻訳の仕事が大詰《おおづ》めになると、この離れにこもって何日も仕事をしてたのよ」と大辻さん。離れの入口を開けた。

小さな玄関で履物を脱ぎ、上がる。簡単なキッチンがある。隣りにトイレとお風呂《ふろ》。その奥に、八畳ほどの和室がある。それだけだった。それだけだけれど、わたし一人が住むには充分だと思えた。わたしは神林さんに、うなずいてみせた。

その15分後。わたしたちは、母屋の縁側にいた。大辻さんが、冷たい緑茶を出してくれた。目の前の庭は、そう広くないけれどよく手入れされていた。紫陽花《あじさい》が、小さな蕾《つぼみ》をつけている。ハワイ育ちのわたしは、縁側というものに座るのが初めてだった。なんだか、昔の日本を描いたドラマの中にいる気分だった。

神林さんが、冷たいお茶を飲みながら、話をする。わたしが、中鴨さんの居酒屋で働くことを説明した。すると大辻さんは、

「中鴨君……。ああ、あのスカートめくりね」と言った。

6　人生をリセットする

わたしは、一瞬あっけにとられ、その次には飲みかけのお茶を吹き出しそうになった。

大辻さんは、そんなことにはおかまいなし。

「うちの妹が、小学校で中鴨君と同級生だったの。その頃、中鴨君のスカートめくりは有名だったらしいわよ」と言った。からりと明るい口調で言った。そして、

「そう……あのスカートめくりの店で働くの……」と、わたしに言った。わたしは、吹きそうになるのをこらえていた。

中鴨さんは、腰と膝《ひざ》をいためてしまい、立ち仕事が思うようにできない。そのかわ

りに店に立つ人間が必要になったことを大辻さんに話した。

「その腰や膝は、小学校の頃、女の子のスカートをめくってばかりいたバチが当たったのね」と言って大辻さんは笑った。

神林さんがにやにやしながら、

「まあ、それはとにかく、彼女がガモさんに代わって店を仕切ることになったもので……」と言った。わたしは、話を引きつぐ。

「そうは言っても、バイト代がいくらになるかまったくわからないんで、できるだけ家賃の安い部屋を借りたくて」と言った。大辻さんは、うなずいた。

「神林君にも言ったけれど、近頃、なにかと物騒だから、間借り人が欲しかったのよ。どうせ使っていない離れだから、家賃はいくらでもいいわよ」と言った。続けて、

「どっちみち、中鴨君のあのすすけた店じゃ、たいしたお給料はもらえないわね。家賃は気にしないでいいわ」と言った。

「……じゃ、3万でも4万でも?」と神林さん。「3万円でも3千円でもいいわよ」と大辻さんは笑顔を浮かべる。さばさばした言い切り方だった。わたしは、江戸っ子という言葉を連想していた。

結局、離れを借りる家賃は3万円ということで話はついた。

それからの2、3日は、引っ越しでかなり忙しかった。いま住んでいるマンションの解約や、持ち物の整理に、あわただしく動き回った。

けれど、わたしは、はっきりとした考え方を持ちはじめていた。大辻さんのあの離れを見て、気づいたことがスタートになっている。がらんとした和室。ご主人が亡くなって、畳は換えたらしく、新しい畳の匂いだけがする部屋。木造りのガラス戸を開ければ、紫陽花に囲まれた庭が見える。あの部屋に、いろいろな物を持ち込むのは、何か違うと感じていた。

そこで、思い切って、何もかも整理することにした。マンションにある物を、ほとんど処分する。小型のデスク、椅子《いす》、ベッド、液晶テレビ、クッション、などなど……すべて、リサイクルショップに売り払った。

通勤用の服や靴は、もう売り払ってある。そうなると、引っ越し荷物は、すごく少ない。カジュアルな服、スニーカー、ビーチサンダル。愛用の歯ブラシ、タオル、ほんの少しの化粧品など、身のまわりの物。それだけだ。段ボール2箱におさまった。

もしどうしても必要なものがあれば、あとで買い足せばいい。人生のリセットだ。段ボール箱は、宅急便で大辻さんの家に送った。封筒に入れた退職届も会社あてに送った。わたしは、心の中に風が吹き抜けていくのを感じていた。

マンションの整理がすべて終わった。不動産屋に部屋の鍵《かぎ》を返す。わたしは、スニーカーを履き、小型のスポーツバッグを持ち、千代田線に乗った。

千駄木駅で降り、大辻さんの家へ。大辻さんは、あい変わらず和服を着て庭の掃除をしている。わたしの顔を見ると微笑し、

「送ってきた段ボール箱は、離れに入れてあるわよ」と言った。わたしはお礼を言い、離れにいった。

和室のすみに、送った段ボール箱が置かれていた。わたしは、ガラス戸を横に引いて開けた。初夏を感じさせる陽射しが、紫陽花の葉に降り注いでいた。風が、和室の中まで吹いてくる。わたしは、畳の上に大の字になった。草木の香りがする風を吸い込み、

「あー」と声を出していた。

の生活はできる。

その午後。近くの寝具店で、敷き布団とシーツ、タオル地のブランケット、枕などを買った。離れまで届けてもらい、それを押し入れに収納した。これで、とりあえず

「問題は、メニューね」わたしは、つぶやいた。その日の午後7時。居酒屋〈休〉だ。中鴨さんは、店の奥にある小さな和室で寝転がってテレビを観ている。カウンターにいるお客は、神林さんだけだ。

「確かに。酒の肴《さかな》が、これだけじゃなあ……」と神林さんが言った。壁に貼ってあるメニューの短冊を眺めている。わたしが新しく〈だし巻き玉子〉を追加した。けれど、それでも、まだまだメニューは寂しい。なんとかしなくては……。

「酒飲みってのは、やっぱり刺身っぽいものが好きなんだよなあ……」と神林さんが言った。

それはそうだろう。以前、この居酒屋では、近くにある〈魚久《うおきゅう》〉という鮮魚店から魚介類を仕入れていたと中鴨さんにきいたことがある。けれど、中鴨さんの具合が悪

くなり、お客の数もどんどん減っていった。そうなると、鮮魚を仕入れても余ってしまう。お客に出せなかった刺身などは、処分するしかない。そんな事情で、鮮魚類を仕入れなくなったという。

「困ったものね……」わたしは、つぶやいた。腕組みをする。5分ほど考えていて、あるアイデアが浮かんだ。

「そうだ、その手があった……」


翌日の午後3時。わたしは、Tシャツ、ジーンズで、魚久に向かっていた。魚久は、歩いて3、4分だという。不忍通りを渡り、少し歩くと店が見えてきた。

店がまえは、ごく普通の鮮魚店だった。ただ、表参道や代々木公園ではめったに見ないタイプの商店だ。

繁盛している店だというのは、一見してわかった。3、4人の女性客がいて、魚を選んでいる。店先には、活気が感じられた。

客の相手をしているのは、若い男だった。わたしと同じ、二十代の後半に見える。背が高く、がっしりとした体格をしていた。髪は短く刈ってある。と言っても、いかにも鮮魚店の兄《あん》ちゃんという雰囲気ではない。青いTシャツに紺のショートパンツ。ビーチサンダルを履いている。中鴨さんの話だと、店はいま、勇一郎という後継《あとつ》ぎ息子が仕切っているという。彼が、その勇一郎らしい。

その彼は、けして愛想《あいそ》がいいわけではない。けれど、てきぱきとお客とやりとりをしていた。中年の女性客が、鰺《アジ》と鯖《サバ》を見比べて迷っていると、

「きょうは、アジがいいよ。サバは、いまいち」と言った。〈サバは、いまいち〉の言葉に、わたしはうなずいていた。少くとも、まっとうな商売をしているようだ。やがて、店先のお客がとぎれた。わたしは店先に近づいた。わたしを見た彼が、

「ハロー」と言い、同時にわたしが、

「こんにちは」と言っていた。3秒後、お互いに苦笑いした。

「なんだ、日本語しゃべれるのか」と彼が言い、わたしは笑顔でうなずいた。それが、勇一郎との初対面だった。

「赤身のブロック?」と、勇一郎が訊《き》き返した。わたしは、居酒屋〈休〉を手伝うことを話したところだった。

「へえ、あのガモさんの店をあんたが……」と勇一郎。「で、マグロの赤身が？」と訊いた。わたしは、「新しいメニューのために」と答えた。勇一郎は、「ふうん」と言った。約1キロのブロックを、あとで店に届けてくれることになった。

午後4時半。わたしが店で食器を洗っていると、入口が開いた。勇一郎だった。「よお」と白い歯を見せた。手に発泡スチロールのトロ箱を持っていた。

彼が持ってきた1キロの赤身。わたしは、それをまず半分にした。その赤身を、2センチ四方ほどの角切りにした。ガラスのボウルに入れる。そこへ、30分前につくっておいた汁のようなものをかける。その汁とは、まず醤油《しょうゆ》、レモンの絞り汁、塩、コショウ、少量のサラダ油、そして刻んだ万能ネギだ。

これは、ハワイの伝統料理〈ポキ〉をアレンジしたものだ。ポキは、さまざまな材料、さまざまな味つけで作られている。ポピュラーな材料は、マグロ、カツオだが、貝類やタコで作ったものもある。その味つけも、日系人、ハワイアン、中国系、韓国系などによって、いろいろとアレンジされている。

いま作っているのは、日本人であるわたしの母親がよく作っていたポキだ。

わたしは、ボウルの中身をかき混ぜる。ラップをかけ、冷蔵庫に入れた。これは、少し冷やした方が美味《おい》しいからだ。ポキを入れるついでに、冷蔵庫からビールを出す。勇一郎の前に置いた。

「少し待ってて」

約30分後。わたしは、冷蔵庫からボウルを出した。ガラスの器に、できたてのポキを少し盛る。勇一郎の前に出した。勇一郎は、割り箸《ばし》を持つ。ポキを口に入れた。10秒……20秒……。そして、

「これは、邪道《じゃどう》だ……」と言った。

7　帰れない故郷だった

わたしは、無言でいた。すると勇一郎は顔を上げ、「刺身としては邪道だ……。邪道だが、美味《うま》い」と言った。しばらく、目の前のポキを見つめている。そして、グラスのビールを飲み干した。

わたしは、これのすぐあとに作っておいた、もう一種類のポキも勇一郎に出した。これは、中国系のハワイアンが作りはじめたものだと思う。味つけは、醬油と胡麻《ゴマ》油が中心だ。ピリッとさせるためにラー油も少しだけ使う。わたしのアレンジで、食べる前に香菜を散らす。これも、

「邪道だが、美味い。ビールにはよく合う」と勇一郎。割り箸を動かしている。そし

て、

「これって、もしかしてハワイ風か？」と訊いた。わたしは、ハワイの料理だと答えた。自分がハワイ出身だということもつけ加えた。

「ハワイか……。ちょっといいなあ」と勇一郎。わたしは、「全然、よくなんかないわよ、わたしの場合は」と答えた。それは本当のことだった。

わたしの母親は、日本で生まれ育った。神奈川県の鎌倉で育ち、中学生の頃からサーフィンをはじめた。中学、高校とサーフィンの腕を上げていき、大会にも出場するようになったという。日本でもトップ10《テン》の選手といわれるようになっていたらしい。そして、本人は、一流のプロサーファーになる夢を持っていたようだ。

やがて、高校を卒業。母親は決心をした。ハワイにいき、そこでさらに腕を上げ、プロのサーファーになると……。

家族は、もちろん大反対をしたらしい。特に、大手企業のサラリーマンだった父は猛烈に反対したという。娘のやろうとしていることが、無謀に思えたんだろう。お堅い父の人生観では、とても娘のやろうとしている事を理解できなかったのかもしれない。その反対の仕方は半端ではなく、もしハワイにいくなら、二度と家に帰ってくるなと言ったらしい。

それでも、母親は、決意を変えなかった。その意地っぱりなDNAは、わたしにもうけ継がれていると思う。

19歳になった2ヵ月後、母親は、家出同然の形でハワイに発《た》った。知り合いの日本人サーファーたちが何人か、すでにハワイに部屋を借りて生活していた。母親は、そんな日本人女性の一人と部屋をシェアして暮らしはじめたという。

とはいえ、いざハワイでサーフィンをしてみると、予想をこえる状況に直面したようだ。

まず、ハワイの波は大きくパワーがある。それを乗りこなすには、想像を絶する体力や技術が必要だということ。そして、ハワイには世界中から一流のサーファーが集まっている。そんなハワイで、プロサーファーとしてやっていくのは、当然ながら大変だ。そんな自分の考えの甘さに母親は気づいたらしい。

それでも、あきらめることはなかった。ハワイの波に乗り続けたという。日本でのバイトで貯めたお金があり、それを使って生活していたようだ。

そんな生活が5ヵ月ほど続いた頃、母親は一人の男性と知り合った。彼はブラントという白人で、母親より4歳年上だった。サーファーであり、ホノルルにあるサーフショップで働いて生活していた。

二人は、恋に落ちた。母親に言わせると、彼、ブラントの一目惚《ぼ》れだったという。やがて、母親とブラントは一緒に暮らしはじめた。ブラントも、プロサーファーになる夢を持っていたが、それがダメだった場合は、ボードのシェーパーになろうとも思っていたらしい。

そうしているうちに、母親は妊娠した。ブラントと暮らしはじめて半年が過ぎた頃だった。ブラントは、すごく喜び、とりあえず母親との婚姻届けを出したという。

その目的はまず、母親にアメリカの市民権を持たせることだった。

その翌月には、サーファー仲間が集まって、二人の結婚パーティーを開いた。

そして、子供が生まれた。それが、わたしだ。

わたしが生まれて、母親はしばらく育児に専念した。ブラントは、サーファーとして大会に出ながら、勤めていたショップの裏庭で、サーフボード作りも続けていたという。けして裕福ではないけれど、幸せな生活だったらしい。

当時のスナップ写真がある。住んでいた家の庭。自分が作ったサーフボードを立てて持っているブラント。金髪は長めに伸ばし、白いＴシャツを着ている。顔立ちは面長で、なかなかのハンサムだ。

その隣りに、赤ん坊を抱いた母親が寄りそっている。赤ん坊、つまりわたしは当時１歳半だったという。すでに、金髪がふさふさと伸びはじめている。

二人は、カメラに向かって笑顔を見せている。ハワイの明るい陽射しが、そんな二人の髪や肩に降り注いでいる。幸福そのものが写っているような写真だった。だが、そんな幸せは、その２ヵ月後、ふいに終わりをむかえる……。

その事故は12月はじめに起きた。この時期、ノースショアには大きな波がつぎつぎとやってくる。その波に乗るため、世界中からトップサーファーたちがやってくる。

そんなシーズンの初め。ブラントは、サーファー仲間と一緒に、ノースの波に乗りにいった。けれど、その日、あまり大きな波は立たなかったという。

夕方になり、ブラントは仲間のジョンとともにホノルルに帰ろうとした。シボレーの４ＷＤでノースからホノルルに向かった。そして、陽が沈みかけたルート99で事故は起きた。対向車線を走ってきた大型トラックが大きく蛇行し、センターラインをこえてきた。父たちの車と正面衝突した。後からわかったのだけれど、トラックの運転手はマリファナを吸っていたらしい。

母親のところに知らせがきたのは、事故から1時間以上が過ぎたときだった。母が救急病院に駆けつけたとき、父はすでに息を引きとっていたという。シボレーを運転していたジョンも重傷を負っていたらしい。

わたしが理解できる年齢になると、そんな父の死について母親が話してくれた。もちろん、彼の事故死に、母親は打ちひしがれたに違いない。けれど、わたしが物心ついた頃には、すでに働きはじめていた。突然、夫を失ないシングルマザーになってしまったが、日本に帰るつもりはなかったという。家出同然に出てきた家には、帰るわけにはいかなかったのだろう。

母親は、アメリカの市民権を持っていたから、働くことはできた。けれど、現実は厳しい。母親にはサーフィン以外に特技がなかった。といって、サーフィンで収入を得るのは難しい。

結局、母親はスーパーマーケットで働きはじめた。アメリカの大手スーパーだ。そのレジで働けば、体は楽だ。けれど、収入は少ない。親子が生活していくのは大変だ。そこで、母親は商品管理の仕事についた。商品の在庫をチェックしたり、入荷した商品を並べたりする仕事らしい。といっても、アメリカのスーパーはだだっ広く、商品の量も、ものすごい。

そんな在庫を管理する仕事は、かなり重労働のようだ。母親は、仕事から帰ってくると、ぐったりとしていた。それでも気丈だった彼女は、頑張っていた。

あれは、わたしが10歳の頃だったと思う。ある日、学校が終わってから、わたしは母親が働いているスーパーにいった。どんなところで母親が働いているのか見てみたかったのだ。

スーパーの駐車場は、何百台もの車が駐《と》められる広さがあった。スーパーに入ってみると、体育館のような空間が拡がっていた。わたしは、そんなスーパーの中を歩きはじめた。

5分ほど歩いていると、母親の姿を見つけた。並んでいる商品の間の通路。彼女は、ユニフォームのつなぎを着て商品を運んでいた。大きな台車に、いっぱいの荷物を載せ押していた。荷物は、ビールのケースのようだった。

母親は、その台車をゆっくりと押していた。重いので、ゆっくりとしか押せないのだろう。スーパーにはエアコンが入っているのに、母親の顔には汗が流れていた。

わたしは、商品の棚に隠《かく》れ、そんな母親の姿を見ていた。子供心にも、男がやる仕事を彼女がやっているように感じられた。家に帰ってくるとぐったりしているのも、納得できた。

翌日から、わたしは食事づくりをするようになった。学校帰りに食材を買ってくる。そして、夕食を作りはじめた。少しでも、母親の負担を減らそうと考えたのだ。

母親が料理をする姿は、ずっと見てきた。それを思い起こしながら、わたしは夕食を作ってみた。最初は、なかなかうまくいかなかった。失敗しかけた料理は、母親がなんとかしてくれた。

2ヵ月もすると、わたしはちゃんと料理ができるようになった。母親は、それを素直に喜んでくれた。わたしは、早起きして、二人分のランチボックスもつくるようになった。

できるだけ手早く、しかも、それなりの料理を作る。それをやり続けたことは、その後、役立つことになるのだけれど……。

やがて、中学校《ジュニア・ハイ》を卒業。ハイスクールに進んだ。わたしは、アルバイトをするようになった。

バイト先は、ワイキキにある〈FUJI《フジ》〉という和食の料理店だった。ワイキキの中心部にあるので、かなり繁盛していた。客のほとんどは日本人観光客。それは、日本にある店と同じレベルのちゃんとした料理を出す必要があるということでもあった。

はじめ、わたしはホールとして働きはじめた。日本語がちゃんと話せるので、まずは接客の仕事についた。4ヵ月間、ホールの仕事をやった。そして、5ヵ月目に入ったある日、ちょっとしたチャンスがやってきた。

8　マグロの刺身、中華風

その日、厨房《ちゅうぼう》で働いている料理人の1人が店にこなかった。車の事故を起こし、入院してしまったという。

困っているマネージャーに、わたしは声をかけた。自分はそこそこ料理ができるので、ピンチヒッターで厨房に入れてくれないかと言った。困っていたマネージャーは、とりあえず、わたしを厨房に連れていった。厨房の責任者、菊池さんに、わたしのことを話した。菊池さんは、しばらく考え、

「じゃ、キャベツを刻んでみて」と言った。とりあえずのテストだろう。トンカツの皿にそえるキャベツの千切りを作ってと言われた。

わたしは、まな板にキャベツを置き、包丁を持つ。す早い包丁さばきで、千切りにしはじめた。ものの2、3分で、千切りの山ができた。菊池さんは、かなり驚いた表情をした。マネージャーと顔を見合わせた。

そして、その日から、わたしは厨房のスタッフとして働きはじめた。初めは、料理の準備段階、野菜の皮をむいたり、魚のウロコをとったりするのが中心だった。

とはいえ、わたしのバイト代は、二倍近くになった。それは、わたしにとって大切なことだった。というのも、大学に進む学費を貯めていたからだ。

母親は、高校を卒業して、そのままプロサーファーをめざした。けれど、夫が亡くなり働きはじめると、大学にいかなかったことを後悔したという。せめて大学を出ていれば、もう少しいい仕事につけたかもしれないと思ったようだ。

そこで、わたしには、大学に進めと言っていた。わたしも、そのつもりだった。仕事で苦労している母親を見ていて、自分は大学に進もうと考えていた。

けれど、母親の稼ぎでは、生活していくのがやっとだった。そこで、わたしは大学の学費をバイトで貯める決心をしていた。

だから、厨房スタッフになり、バイト代が上がったのは、わたしにとって大きな前進だった。わたしは、一生懸命に仕事をした。やがて、料理の下ごしらえだけではなく、いくつかの料理をまかされるようになった。ハイスクールの卒業が近づいていた。

学費がそこそこ貯っていたこともあり、わたしはハワイ大学に入学できた。社会学、それも市場の動向を調べたり分析したりする勉強をスタートさせた。

とはいっても、一年間大学に通うと、翌年の学費がたりなくなってしまった。そこで、一年間、大学を休学し、日本料理店のバイトで学費を稼いだ。そして、一年後に大学に復学した。ハワイだけでなく、アメリカでは、こういう風にして大学で勉強する学生が多いのだ。

結局、わたしは7年間かけて大学を卒業した。大学の卒業式、母親はハンカチでそっと涙を拭《ふ》いていた。

「……けっこう苦労したんだ」と勇一郎。ぽつりと言った。わたしが、自分のライフストーリーを話したところだった。

「苦労ってほどのものじゃないわよ」わたしは言った。それは本当だ。

自分が生まれ育ったハワイ。観光客の人たちにとっては楽園かもしれない。けれど、そこで暮らす人間たちにとっては、必ずしも楽園といえないこともある。仕事がなく、お酒やマリファナに溺《おぼ》れてしまう人。お金が欲しくて売春をしてしまう若い女性。そんな人たちも、けして少なくないのが現実だ。

それに比べれば、わたしはラッキーだったといえる。ハワイ大学を卒業した2ヵ月後、入社試験にうかって、大手の広告代理店に入れたところまでは上出来だった。わたしが、そんなことを話すと、

「広告代理店？」と勇一郎が言った。わたしはうなずき、勤めていた会社名を言った。すると勇一郎が、

「ああ、表参道にある……」と、つぶやいた。わたしは、えっと思った。彼がなぜそれを知っているのかが不思議だった。わたしがそんな表情をすると、勇一郎はすぐに話を変えてしまった。

「このポキは、なかなかいける」と言った。「これで、新しいメニューがふえるな」と、つけ加えた。わたしは、うなずく。

「しかも、ポキは日保《ひも》ちするの」と言った。ポキは、魚介類を醤油《しょうゆ》などで、いわゆる

〈漬《づ》け〉にしたもの。だから、たとえ生のマグロやカツオを使っていても、冷蔵庫に入れておけば2、3日は保《も》つのだ。つまり、仕入れた食材を無駄にしてしまうことが少ないはずだ。わたしがそのことを言うと、勇一郎はうなずき、

「じゃ、明日はカツオを持ってくるよ」と言った。この時期、カツオの水揚げがかなりふえているという。「よろしく」わたしは笑顔で言った。

勇一郎が帰ってから、わたしは、また、あのことを思い出していた。わたしが勤めていた広告代理店の社名を言ったとき、彼が〈ああ、表参道にある……〉と、つぶやいた。あれは、なんだったのだろう。鮮魚店の後継ぎである勇一郎が、なぜ、それを知っていたのか……。クエスチョンマークが、わたしの心に消え残っていた。

けれど、そのことを考えている場合ではない。とにかく、店のメニューをふやさなければ……。店が開店休業のようなこの状況では、自分の生活も困ってしまう。わたしは、メモ用紙をとり出す。メニューを考えはじめた。

「ほう、ピッツァか」と勇一郎が言った。わたしは、彼の前にその皿を置いた。「まあ、食べてみて」と言った。

それは、小さめのピッツァだった。CDのディスクよりひと回り大きいぐらいのピッツァ生地《きじ》を見つけたので買ってきた。その生地に具をのせて、オーブントースターで焼いたものだった。

勇一郎は、それの一片を手にとる。口に入れた。しばらくすると、「うん、いける。アンチョビか？　ちょっと違うな……」と、つぶやいた。わたしは、冷蔵庫を開ける。イカの塩辛《しおから》、その瓶《びん》をとり出して勇一郎に見せた。

「そうか、塩辛だったのか」と勇一郎。「うまいし、ビールにはよく合う」と言った。わたしは、うなずいた。つくり方は、ごく普通だ。ただし、アンチョビやベーコンではなく、イカの塩辛を使っている。独特の香りと味がある。

これは、ハワイで暮らしていた頃、よく母親が作ったピッツァだ。ハワイでは、ヨーロッパから輸入されるアンチョビは、かなり値段が高い。けれど、マウイ島に〈マハロ水産〉という日系の会社があり、そこではイカの塩辛を製造していた。ホノルルでも、日系人がよくいくスーパーマーケットには、この塩辛の瓶づめが売られていて、アンチョビよりずいぶん安い。そこで、母親は、アンチョビのかわりに塩辛を使ったピッツァを作ったのだろう。

「これは、居酒屋メニューにぴったりだな」勇一郎が言った。わたしはうなずきながら、また冷蔵庫を開け、ガラスのボウルをとり出した。そこには、カツオのポキが入っていた。さっき勇一郎が持ってきてくれたカツオを使ったものだ。

わたしは、それを小皿に盛り、勇一郎の前に置いた。勇一郎は、それを箸《はし》でとり口に入れた。5秒で、うなずく。わたしが、

「邪道だけど、悪くない？」と訊《き》くと、また、うなずいた。カツオのポキは、韓国系ハワイアンの味つけにしてあった。キムチ、コチュジャン、醬油などを、カツオの角切りにからめ、よく冷やす。皿に盛り、ニンニクのスライスを上に散らせた。

「カツオは血合の臭いが苦手だって人もよくいるけど、これなら全然問題ないな」と勇一郎。カツオのポキをまた口に入れ、ぐいとビールを飲んだ。

その後、道久からラインがきた。まず、〈本当に会社辞めちゃったんだね。どうしてる？〉というメッセージ。わたしは、〈心配しないで〉と返信をした。しばらくして、

〈会えないかな？〉と道久。わたしは、〈いま、ちょっと忙しいんだ〉と返した。そ

して、千駄木の居酒屋で仕事をはじめたことを送った。道久からは、〈居酒屋？〉と驚いたようなひとこと。それから、いくつかのメッセージのやりとり。〈そのうち、飲みにきて〉と打って、その夜のラインのやりとりは終わった。

その3日後だった。午後7時半。店に入ってきた勇一郎が、「おっ、いたいた」と言った。というのも、店に4人の客がいたからだ。この4人は、もともと常連客だったらしい。が、中鴨さんの具合が悪くなったので、足が遠のいていたようだ。

そんな常連客が店にやってきたのは、勇一郎が情報を流したからだ。勇一郎も、もともとこの店の常連客だったという。そこで、知っている常連客たちに、〈店が新しくなった。メニューも増えた〉と声をかけたのだ。そのことは勇一郎にきいていた。

常連客たちも、みな、近所の人らしい。勇一郎と気軽に話しはじめた。勇一郎は、あい変わらず隅の席に座り、ビールを飲みはじめた。店の壁には、メニューの品書きが並んでいる。

〈マグロの刺身　ハワイ風さっぱり味〉

〈マグロの刺身　ハワイ風中華味〉

〈カツオの刺身　ハワイ風韓国味〉

などとポキが並んでいる。そして、〈イカの塩辛ピッツァ〉もある。

もちろん、定番メニューの〈だし巻き玉子〉〈枝豆〉〈アジの干物〉〈肉ジャガ〉〈タラの芽の天プラ〉などは、ちゃんと用意してある。

勇一郎はいつも魚介類を相手にしているので、だし巻き玉子を注文した。わたしがそれを作っていると、出入口が開いた。入ってきたのは、道久だった。

道久は、出入口から半歩入って、わたしを見た。わたしは、微笑し、

「いらっしゃい」と言ってあげた。道久は会社の帰りらしく、サマースーツを着ている。少し遠慮がちに入ってくる。常連客たちの端に座った。わたしは、だし巻き玉子を勇一郎の前に置くと、道久におしぼりを渡した。道久は、うなずき、おしぼりの袋を破る。少し落ち着いた様子で、店内を見回している。その視線が、店の反対側にいる勇一郎にとまった。10秒ほど、勇一郎を見ている。そして、

「高木さん……」と言った。

9　〈獺祭《だっさい》〉を冷やで

ビールを飲んでいた勇一郎が、顔を上げ、道久を見た。道久はまた、

「高木さん、ですよね……」と言った。勇一郎の苗字は確かに高木だ。勇一郎は、数秒のあいだ道久を見て、「ああ……」と言った。思い出したという感じだった。道久は、

「ごぶさたしております。その節《せつ》はいろいろと……」と切り出した。勇一郎は、グラスを手にしたまま、微笑し、軽くうなずいた。

2人の間に、それ以上の会話はなかった。間に4人の常連客がいるので、道久も遠慮したようだった。

わたしは、〈なんにする?〉という表情で道久を見た。道久は品書きを眺め、

「じゃ、冷や奴《やっこ》を」と言った。わたしは、うなずいた。シソの葉とミョウガを山ほど刻み、豆腐にのせた冷や奴。それは、わたしが道久のマンションに泊まったとき、とりあえずの肴《さかな》として作ったものだった。


わたしがミョウガを刻んでいると、道久は、わたしの後ろに並んでいる日本酒の瓶《びん》を見ている。中鴨さん本人の趣味もあり、日本酒はかなりの数が並んでいる。大衆的なものが中心で、やや高級なものもある。その中から、彼がどれを選ぶか、わたしにはだいたいわかっていた。予想通り、

「獺祭《だっさい》を冷やで」

と言った。それは、日本酒を置いている店で、彼がよくオーダーしていたものだ。

わたしは、うなずいた。


結局、道久はあい変わらず優雅な手つきで軽く飲み、小一時間で店を出ていった。わたしが仕事に忙しく、彼の相手をする余裕がなかったからだろう。勘定をすませ、

「元気そうでなにより。またくるよ」と爽《さわ》やかな表情を見せた。店を出ていくとき、

勇一郎と視線が合う。

「家業を継《つ》がれたときいてますが」と言った。勇一郎は穏《おだ》やかな表情でうなずき、

「まあ……」とだけ答えた。道久は軽く会釈をして、店を出ていった。

その5分後、神林さんがやってきた。常連客たちと、にぎやかに飲みはじめた。しばらくすると「朝が早いから」と勇一郎は帰っていった。


あれは、なんだったんだろう……。わたしは、洗い物をしながら胸の中でつぶやいていた。午後11時半。客が帰った後だ。

道久と勇一郎が顔見知りだったとは……。外資系の広告代理店に勤める道久。鮮魚店の後継《あとつ》ぎである勇一郎。その2人の、どこに接点があったのだろう。謎だ……。考えていても、答えは出てこない。わたしは、ひと気のないカウンターの中で黙々と食器を洗い続けた。


翌日の午後4時過ぎ。わたしは、店の掃除をしていた。床を掃くのが終わる頃、中鴨さんが奥から杖《つえ》をついて出てきた。掃除をしているわたしに、

「すまないねえ、ペギー」と言った。よっこらしょと言い、カウンターの中のビールケースに腰かけた。わたしは、ホウキなどを片づける。そして、中鴨さんに話しかけた。

「あのさあ……勇一郎って、もっと若い頃から、ずっとあの店で仕事をしてきたの？」と訊《き》いてみた。すると、中鴨さんは首を横に振った。

「いや。あいつは、大学を卒業して、何年か、商社に勤めてたよ」と言った。「商社……」わたしは、つぶやいた。「ああ、確か早稲田を出て、大手の商社に勤めてた」と中鴨さんがくり返した。そのときだった。

「そのことなら、本人が話すよ」という声。掃除のために半開きにしてある出入口から勇一郎が入ってくるところだった。魚の入ったトロ箱を抱えていた。

「ジン？」わたしは、勇一郎に訊き返した。勇一郎は、カウンターの端のいつもの席にかけた。そして、「ジンをライムで割ったやつを頼む」と言った。

ジン……。そんなもの、この店にあったっけ……。わたしは、あたりを見回した。

すると勇一郎が、

「久保田の裏側にあるよ」と言った。わたしは、ふり向く。日本酒や焼酎《しょうちゅう》の瓶が並んでいる。その中に、日本酒の久保田があった。久保田の瓶をずらすと、その奥にゴードンのボトルがあった。勇一郎は、

「それ」と言った。するとビールのケースに腰かけていた中鴨さんが口を開いた。

「そいつを、チューハイ・ライムをつくるやつで割るの。ジンとライムの比率は、一対二」と言った。なるほどと思った。わたしは冷蔵庫を開けた。チューハイを作るためのボトルがある。ライム味のする発泡性の飲料だ。レモン味とライム味がある、そのライムを、わたしは冷蔵庫からとり出した。大きめのグラスに、氷。そこへ、ゴードンのジンを注いだ。その二倍のライムを入れ、ステアする。勇一郎の前に置いた。彼は、「お、ありがとう」と言った。ゆっくりとグラスを口に運ぶ。


グラス半分ほど飲んだところだった。勇一郎が、ぽつりと口を開いた。

「……おれは、野球少年だったんだ。小学生の頃から、毎日、野球ばかりやっててね。中学、高校と野球部に入ってた」と言った。中鴨さんが、「近所でも評判の野球小僧《こぞう》だったな……」と口を開いた。わたしは、うなずいていた。勇一郎のがっしりとした

体格は、スポーツでつくられたものらしい。彼は、グラスを口に運んだ。

「あれは、10年か11年ぐらい前かな。おれが18歳だったから、そんなものだ……」と言った。ということは、勇一郎は、いま28歳か29歳。わたしと同じくらいになる。

「あのプロ野球選手の野茂《のも》が、アメリカの大リーグで活躍してたんだ。ロサンゼルス・ドジャースで、すごく活躍をしてたんだよ」と勇一郎。わたしは、うなずいた。大リーガーになった野茂の活躍は、当時ハワイのテレビや新聞でも、よく報道されていた。わたしも、なんとなく覚えている。

「おれは、プロ野球の選手になるほどのレベルじゃなかったけど、アメリカで活躍してる野茂の映像を観てるうちに、夢みたいなものがわき上がってきてな……」

「夢？」わたしが訊くと、勇一郎はうなずいた。グラスを口に運んだ。ひと口……。

「ごく簡単に言うと、海外に出る仕事をしたいってことだな」

「そっか……」

「そういうこと。野球選手としては無理だけど、とにかく、いろんな国を飛び回る仕事をしたいって思ったわけ。で、とりあえず、大学に進んだ」

「で、商社に入った？」

「ああ。いちおう大手といわれる総合商社に入った。で、希望通り、海外を飛び回ることになった。主に食品を扱う仕事が多かったな……。海外から、いろんな物を輸入する仕事だった。たとえば、アメリカやオーストラリアから牛肉を輸入する。フランスやイタリアからワインを輸入する。まあ、そんな仕事だった」

「希望がかなったわけね」わたしは言った。そこで気づいた。「でも……いまは、家業を継いでる。それって？」と訊いた。勇一郎は、しばらく黙っていた。やがて、

「商社マンとしては、能力が高くなかったんだと思う。あまり利益を上げられなくて……なんか会社に居づらくなってね。……結局、辞めたんだ。まあ、落ちこぼれたわけだ」勇一郎は言った。そのとき、

「ちょい待ち」という声。中鴨さんだった。ビールケースに腰かけたまま、「そいつは嘘だな」と言った。わたしは、中鴨さんにふり向いた。

「お前さん、商社でも腕利《うでき》きの社員だったたって、おやじさんからきいてるぞ。儲《もう》けが上げられなくて辞めたってのは、嘘だろう。なんか、ほかに理由があって辞めたに違いないと、おれは睨《にら》んでるんだがな」と中鴨さん。勇一郎は、軽く苦笑い。

「うるさい爺《じい》さんだなあ……」と言った。中鴨さんも苦笑。

「うるさい爺《じじ》いでもクソ爺いでもいいが、まだぼけちゃいないぞ。以前から、一度訊いてみたかったんだ。お前さんが、なぜ急に商社を辞めて家業を継いだかを知りたかったのさ」と言った。

二杯目のジン&ライムサワーを半分ほど飲んだところで、勇一郎は口を開いた。

「なんか、仕事にフラストレーションと疑問を感じるようになったんだ。……23歳で入社して、3年ぐらいが過ぎた頃からだった」

「フラストレーションと疑問……」わたしは、つぶやいた。勇一郎は、グラスを手に軽くうなずいた。

「説明が少し難かしいんだが……たとえば、北欧にいって、タラを輸入したとする。もちろん、現地にいって商談をし、契約書をつくり、最終的に、何百トンとかのタラが輸入される。そこで、仕事は終わりさ」と勇一郎。「輸入されたタラは、全国各地に売りさばかれ、あちこちのスーパーなんかに並ぶんだろう……。が、おれには、そのタラを買っている客の顔は見えない。見えるのは、タラの輸入で何百万、何千万儲かったかっていう数字だけだ」

「……そこに、フラストレーションを感じた？」わたしは訊いた。

「まあね。フラストレーションもあったし、これが本当に自分がやりたかった仕事なのかっていう疑問も、心にわき上がってきてね……。自分の家が鮮魚店で、お客に直接魚を売ってるし、おれも子供の頃から店の手伝いをしてきた。そのことが、強く影響してるのかもしれないな」

勇一郎は言い、わたしはうなずいた。彼には、妹が一人いるだけだときいたことがある。子供の頃から、鮮魚店の店先で客に魚を売ってきた。そのことが彼の性格を形づくっているのだと想像できた。勇一郎は、グラスに口をつける。

「そんな気持ちが決定的になったのは、ヴェトナムに出張したときだった」

10　惚れなおしたよ

「そのとき、おれはエビの輸入をする仕事でヴェトナムにいってた。確か、1週間たらずの出張だったよ」と勇一郎。その頃を思い出す目をしていた。

「現地での商談は、4日ほどで終わった。5日目の午前中、おれは、泊まってるホテルを出て、ぶらぶらと歩きはじめた。軽く何か食うつもりだった。5、6分歩いていると、市場のようなところに出くわした。小さな露店がいくつもあり、食い物の屋台も並んでいた。たくさんの人たちでにぎわっていたよ」

と、勇一郎。あい変わらず、過ぎた日のページをめくる口調で話す。

「おれは、一軒の屋台の前で立ち止まった。そこでは、小さく切った牛肉を串に刺して焼いたものを売っていた。いい匂いだったんで、おれは食ってみることにした。焼いているおじさんの前に立つと、ヴェトナム人のおじさんは〈ハロー〉と言った。簡単な英語は話せるようなので、おれは串焼きを1本頼んだよ」

と勇一郎。グラスを口に運びノドを湿らせる。

「肉を焼きながら、おじさんは俺に話しかけたよ。〈日本人?〉と訊《き》くから、そうだと答えた。〈日本、いってみたいねえ〉とおじさんは言って笑顔を見せた。やがて肉が焼けると、〈ソース、甘いの? 辛いの?〉と訊いてきた。おれが〈辛いやつ〉と言うと、おじさんは、そばにあったタレの器に串焼きをくぐらせ、小さく切ったバナナの葉にのせて、さし出した。おれがポケットから札をとり出し渡すと、おじさんはおつりを渡そうとした。けど、おれは手ぶりで〈おつりはいらないよ〉と伝えたんだ」

「……もしかして、すごく気分が良かった?」と、わたし。彼は、うなずいた。

「ほんの7、8分のやりとりだったけど、なんだか気分が高揚してたな……。ゆっくり歩きながら、すこしピリッとしたタレの串焼きをかじった。そうしながら、これなんだという思いがわき上がってきたよ」

「相手の顔を見てものを売ること？」

「そういうこと。歩きながらも、人のよさそうな串焼き屋のおじさんの顔が頭から離れなかったよ。たかが80円ぐらいの串焼き1本だけど、実は自分にとって大きな意味のある1本でもあったみたいだ……。その日の夕方、ホテルの庭にあるバーで飲んでいた。きれいなピンクに暮れていくヴェトナムの空と、揺れているヤシの葉を眺めて、ジン・トニックを飲んでいた。そうしながら、気持ちがかたまっていくのを感じた……」

「商社を辞めること？」

「ああ……。ただ数字だけが目の前を通り過ぎていくような仕事を続けるのはもうやめようと思ったよ」

「で、鮮魚店の後継ぎに？」

「まあね。ちょうど俺が商社を辞めてすぐ、親父が心筋梗塞《しんきんこうそく》の発作を起こして、いまも病院通いをしてるよ。野球でいえば、選手交代ってとこかな」

「それじゃ、商社マンとして落ちこぼれたわけじゃないでしょう」と、わたし。勇一郎は少し苦笑。「いや、落ちこぼれたんだ」と言った。わたしは、少し不思議そうな表情をした。

「つまり、いま話したような仕事への疑問やフラストレーションを持つこと自体が、商社マンとして失格なんだと思う。物を輸入したり輸出したりすることで、利益を上げる。それで仕事は成功したと考える。それ以上は何も悩んだりしないのが、本来の商社マンなんだろう」

「で、そうは考えられなかったから、落ちこぼれ？」わたしが言うと、勇一郎はまた苦笑いして、うなずいた。

「誰でも、こうやっていればそこそこ満足できるっていう時間や場所があってさ、それがその人の居場所なんだと思うんだ。おれにとっちゃ、お客に自分が選んだ魚を売るのが、そういう場所なんだろうな」と言った。

「自分の居場所か……」わたしは、つぶやいた。勇一郎のその言葉は、心の片隅に、消し去れないものとして残りそうだった。

「で、野澤さんとはどこで？」わたしは勇一郎に訊いた。野澤は道久の苗字だ。

「ああ、仕事上のつき合いだよ」と勇一郎。説明しはじめた。

彼が商社を辞める半年ほど前、アメリカのテキサス州から牛肉を輸入するプロジェクトを担当したという。一般の日本人にとって、アメリカの牛肉はあまり魅力的ではない。そこで、勇一郎の商社と、肉の流通業者が組んで〈テキサス・ビーフ〉の宣伝キャンペーンを展開したという。

「そのとき、野澤さんと仕事を？」わたしは訊いた。勇一郎は、うなずいた。つくったCMを流す時間帯や流す本数について、道久といろいろ打ち合わせをして決めていったという。

それで、謎が一つとけた。わたしが勤めていた広告代理店の社名を言ったとき、勇一郎が〈ああ、表参道にある……〉とつぶやいた。その理由が、いまわかった。

「野澤さんとは仲が良かった？」と勇一郎が訊いてきた。「同じフロアで仕事をしてたから、まあまあ……」と、わたしは答えた。道久が、わざわざこの店までやってきたのだから、そのぐらいの返事はしないと不自然だろう。勇一郎は無言でうなずいている。

夜中の11時半。そろそろ寝ようとしていると、その道久からラインがきた。〈昨日は、急に店にいってごめん〉と、あい変わらず礼儀正しい。〈気にしないで。顔を見られて嬉《うれ》しかったわ〉と返信する。

しばらくして〈僕もさ。ああして居酒屋で働いているペギーも、とても新鮮だった。あらためて惚《ほ》れなおしたよ〉と道久。〈いえいえ、なりふりかまわず働いてただけよ〉と送信すると、すぐに〈そこが、なんか良かったんだ。また、店にいってもいいかい？〉と道久から返ってきた。〈もちろん、いつでもきて〉と送り、とりあえず、やりとりは終わった。

わたしは、布団の上に寝転がった。週末になると、となりには道久がいた。そのことを思い出す。少しだけ、頬《ほほ》が火照《ほて》るのを感じていた。会社を辞めたのは、道久とは関係のないことだ。だからこれから先もつき合おうと道久が言ってきたら、どうする……。

わたしは、自分に問いかけていた。

けど、この先どうなるか、まるでわからない。その時は、自分の勘《かん》で決めるしかない。そうやって、28年間やってきたのだから……。

〈なるようになるさ〉わたしは心の中でつぶやいた。パチッと電灯を消した。

「え、これ、どうしたの?」わたしは勇一郎に訊いていた。

3日後の居酒屋だ。勇一郎が、イスとテーブルを運び込んできたのだ。ごく簡単な、学校の教室で使うようなイスが4脚。そして、テーブルが2つだ。

勇一郎は、説明しはじめた。彼は、時間があるとき、自分が卒業した近くの中学校で、野球部のコーチをしているという。その中学校では、イスや机があまっているらしい。どうやら生徒の数が減り、必要なくなったようだ。

「そいつを、もらってきたのさ」と勇一郎。イスや机を店内に持ち込む。壁ぎわにくっつけて置きはじめた。確かに、カウンター席の後ろには、そこそこのスペースがあった。その壁ぎわ、向かい合うようにイスと机を置けば、4人分の席ができる。

「いまのままじゃ、店の定員は8名だろう。それが、12人まで増える」と勇一郎。その通りで、いまのままだと、カウンター席8人分しか客は座れない。

「いつも10人ぐらいの客がいないようじゃ、店はやっていけないだろう」と勇一郎。それはそうだ。わたしは、彼にお礼を言った。「なんの。いきつけの店が潰《つぶ》れるのは困るしな」彼は言った。

その日の夕方。ハワイの母親からラインがきた。ハワイは、いま夜の10時頃だ。母は仕事を終え、家でくつろいでいる時間だった。

〈ペギー、ここしばらく連絡がないけど、元気でやってる？〉と母。〈心配しないで、元気よ。仕事場の環境が少し変わるかもしれないけど〉と、わたしは返信した。突然、広告代理店を辞めて居酒屋で働いていることを知らせたら、母がひどく驚くだろうと思ったからだ。そして、〈ママは元気？〉と訊《き》いた。

〈元気でやってるわよ。そういえば、私も職場の環境が変わったの〉と母。長年あのスーパーマーケットで働いていたのが認められて、マネージャーに昇格した。商品を運んだりする力仕事からデスクワークをすることになったという。〈体力的に楽になったし、お給料もだいぶ上がったわ〉とメッセージがきた。

〈よかったわね、ママ。マネージャーの仕事、がんばって〉と、わたしは送信した。

カウンターの中でスマホをいじっているわたしを、勇一郎がビールを飲みながら見ている。わたしは、ラインのやりとりを終えるとスマホを置いた。そして、母の近況を、さらりと彼に話した。彼は、うなずきながら無言できいている。もともと口数が少ないのだ。外では、雨が降りはじめていた。

「まあ、しょうがないな、この天気じゃ」と勇一郎が言った。夜の9時を過ぎていた。

が、店にお客は一人もこない。その理由は、なんとなくわかっていた。降り続いている雨のせいだ。

この店の常連客は、年寄りが多い。となると、雨が降れば外出するのがおっくうになるのだろう。あえて居酒屋にはいかず、家で一杯、ということになりそうだ。

「まあ仕方ないか……」わたしは、つぶやいた。

それにしても、この雨はいつまで続くのだろう。わたしは、スマホを手にした。天気予報のサイトにアクセスする。東京の週間予報を見た。そして、〈まいったな……〉と、胸の中でつぶやいていた。

11　DEEP《ディープ》 TOKYO《トウキョウ》

天気予報には、傘《かさ》のマークがずらりと並んでいた。雨が続くということだ。まずいなあ……。わたしは、心の中でつぶやいていた。

当たってほしくない天気予報ほど当たるものだ。翌日も、翌々日も、そして次の日も雨が続いた。勇一郎と神林さん以外の常連客たちはこない。

「まだ梅雨《つゆ》入りには早いのに……」と神林さん。予報士の解説によると、半月以上早く、梅雨のような天気図になってしまっているという。この状況は、まだしばらく続くらしい。

わたしは、早々と8時に店を閉めた。常連客がくるとすれば、必ず8時前にはくるからだ。店の暖簾《のれん》をしまう。赤提燈《ちょうちん》の灯を消す。店の片づけをはじめた。

冷蔵庫を開けて気づいた。明日はもう客に出せないポキが残ってしまっている。醬《しょう》油《ゆ》とレモンが主な味つけのさっぱり味のポキだ。賞味期限は、きょうまでだろう。

そこで、わたしは、大家《おおや》の大辻さんのところへ持っていくことにした。まだ、最初の家賃も払っていない。この時間なら、もしかして夕食が終わっていないかもしれない。そう思ったのだ。


「あら、ペギーちゃん」と大辻さん。あい変わらず和服を着て、その上にエプロンをかけている。わたしが、タッパーに入ったポキをさし出すと、

「ちょうどよかった。上がって」と大辻さんは言った。わたしは玄関でビーチサンダルを脱ぐ。スリッパを履いて家に上がった。

廊下の先に、かなり広いダイニングキッチンがあった。フローリングの床。システムキッチン。あちらこちらに簾《すだれ》があしらってある、和洋折衷《せっちゅう》のダイニングだった。6人ほどが食事のできる木のテーブルとイスがある。

テーブルの上には、飲み終わったらしいグラスがいくつか残っている。

「大学で講師をやってた頃の教え子たちがきて、さっきまで飲んでたの」と大辻さん。

「みんなが帰ったんで、一人で飲みなおそうかと思ってたところよ」と言った。手ぎわよく、テーブルの上を片づけていく。わたしがポキをさし出すと、

「へえ、ハワイ風のお刺身ねえ……。それじゃ、白にしましょうか」と大辻さん。部屋の隅にあるワインクーラーから白ワインを出してきた。

やがて、ポキを盛った皿をはさんで、大辻さんとわたしはワインを飲みはじめた。ポキを口に運んだ大辻さんは、

「これはいけるわねえ。あとで作り方を教えてくれない」と言った。「お安いご用で」と、わたし。そうして飲んでいるうちに、

「店で出すものを持ってきたってことは、営業不振？」と大辻さん。ずばりと言った。わたしは、うなずいた。正直に、雨降り続きで、常連客たちがこないことを話した。大辻さんは、うなずく。

「あそこの常連は爺《じい》さんばっかりだからねえ……。私もそんなこと言える年じゃないんだけど」と言い明るく笑った。白ワインを飲む。何か考えている……。

「まあ、常連さんだけに頼るのは限界があるわよねえ。あの爺さんたちも、いつポッ

クリいくかわからないし……」と大辻さん。わたしは苦笑し「まあまあ」と言った。

大辻さんは、またしばらく考えている。やがて、何かを思い出そうとしているようだ。「そうだ」と言った。席を立った。


大辻さんは、システムキッチンに置いてあるスマホを手にした。誰かに短いメールを打っているようだ。打ち終わると、スマホを手にテーブルに戻ってきた。スマホを置き、またワインを飲みはじめた。そして、

「大学で教えてた頃の教え子の一人が、出版社にいてね、いろんな本や雑誌をつくってるの。つい最近、彼に頼まれたことがあってね」

と大辻さん。その教え子は、いま、主に外国人向けの東京ガイドをつくっているという。近年、東京を訪れたり、しばらく滞在する外国人は多くなってきている。そんな連中に向けたウェブ上の有料サイトをつくりはじめているという。

「まずは、有料サイトで展開して、アクセス数が多ければ、ガイドブックをつくるって作戦らしいの」と大辻さんは言った。そして、「何日か前、その彼から、千駄木や根津あたりのいい店がないかってきかれてたのよ。ほら、最近の外国人は昔と違って

東京の下町に興味を持ったりしてるでしょう？」とも言った。

わたしは、うなずいた。確かに、千駄木あたりを歩いていると、地図を持った観光客らしい外国人をよく見かける。そんな外国人に向けたお店案内の有料サイトは、ビジネスとして成立するかも……。

テーブルの上で、スマホが鳴った。大辻さんがとる。

「ああ、横山君」と話しはじめた。「君さ、いつかきいてきたじゃない。千駄木あたりの店で、ほかのガイドブックに出てない店がないかって……。そうそう、その話」と大辻さん。「それにうってつけの店があるわよ」と言った。

「……そう、英語も話せるペギーっていうハーフのお嬢さんが居酒屋をやってるの。食べ物も美味《おい》しいし、君のサイトにはぴったりだと思うけど」大辻さんが言うと、相手が何か話しているらしい。大辻さんは、

「そうそう」と言いながら、わたしに向け指でマルをつくって見せた。やがて、

「いま本人がいるから、直接話した方が早いと思うわ。じゃ、かわるわね」と言った。スマホを、わたしに渡した。わたしが、「あの」と言うと、

「あ、ペギーさんですね。私、大辻先生の元生徒で出版社にいる横山といいます。ペ

ギーさんのお店、とても良さそうなので、ぜひ取材させていただきたいと思いますが、さっそく明日はいかがでしょうか」

と早口でまくしたてた。

「明日……。まあ大丈夫ですけど」と答えると、「では、ぜひうかがわせていただきます」と、その横山さん。午後3時頃にきたいという。わたしは、店の場所を伝えた。スマホを大辻さんに返した。

「じゃ、横山君、よろしくね。時間があったら、私のところにも寄りなさい」と大辻さん。電話を切った。

「一発で喰《く》いついてきたわね」と大辻さん。グラスに白ワインを注ぎながら言った。

「居酒屋って、いまちょっとしたブームでしょう。だから、ガイドブックがあちこちの出版社から出てて、いい店はほとんど紹介されちゃってるらしいのよ。だから、どの出版社も新しい店を探して血まなこになってるみたい」

「で、いまの横山さんも……」と、わたし。大辻さんは、うなずく。「ああして急ぐのも、わかるわ。とにかく、店の紹介をされるのは少くともマイナスにはならないでしょう」大辻さんは言った。わたしはお礼を言い、またワインを飲みはじめた。
翌日。午後2時40分。横山さんが、カメラマンを連れてやってきた。横山さんは、50歳ぐらいだろうか。髪が額にかかっている。度の強そうなセルフレ
ームの眼鏡をかけている。若いカメラマンを連れていた。わたしは、いつものTシャ
ツ姿でカウンターの中にいた。
事前の電話で、店で出すメニューを2、3品紹介したいと言われていたので、ポキ
を二種類と、塩辛のピッツァを用意しておいた。カメラマンは、カウンターの中にい
るわたしを撮る。そして、カウンターに出したポキなどを撮った。撮影は20分ほどで
終わった。
「美味《うま》そうだね、お金は払うからビールを飲ませてくれる?」と横山さん。優しい口
調で言った。わたしは「もちろん」と笑顔で答え、生ビールを出した。
横山さんは、ポキや塩辛のピッツァをつまみ、生ビールを飲みはじめた。「これは
美味《うま》いねえ」と言いながら、ぐいぐいとビールを飲む。酒好きでもあり、正直そうな
人でもあった。飲み終わると、ちゃんと代金を払っていった。2、3日で、サイト上

に店の紹介記事をアップするという。

「ペギーちゃん」

大辻さんに声をかけられた。３日後の昼。わたしが店にいこうとしているところだった。

「ウェブサイトに載ってるわよ」と大辻さん。手まねきした。わたしはダイニングに上がり込んだ。テーブルの上に、ノート型のパソコンがある。画面には、すでにサイトが表示されていた。

〈ＤＥＥＰ《ディープ》 ＴＯＫＹＯ《トウキョウ》〉というサイトのタイトル。その下に、〈発見！ 東京のレストラン＆居酒屋〉と日本語がレイアウトされている。

「日本語もありなんだ……」わたしは、つぶやいた。「外国人が興味を持つような店には、最近の日本人も興味をひかれるってことみたいね」と大辻さん。トップページにある〈ＮＥＷ！〉のアイコンをクリックした。

すると、カウンターのなかにいるわたしの姿がアップで出た。〈Izakaya《イザカヤ》 KYU《キュウ》〉という英文。〈居酒屋〉は、もう英語化しているらしい。そして、日本語で、〈ブロンド美人が仕切る居酒屋、千駄木に出現！〉という日本語。〈ブロンド美人〉には少し照れた。

けれど、お店の紹介としては、きちんと出来ていた。英語、日本語の両方で、店の紹介をしている。わたしのことも、ハワイ育ちのハーフと、正しく書かれている。ポキや塩辛ピッツァも、写真入りで紹介されている。

「これで、フリーのお客が増えるといいわね」と大辻さん。わたしはお礼を言った。


「イカを？」わたしは、勇一郎に訊《き》き返した。その夜、7時過ぎだ。

「イカの塩辛を使ったピッツァはいいけど、どうせなら瓶詰めじゃなくて、手製の塩辛を使った方がいいんじゃないか」と勇一郎。「それはそうだけど……」と、わたし。

「よかったら、おれが作るよ」と勇一郎。これまでも、新鮮なイカが手に入ると、自分で作って、店で売っていたという。たまたま、鎌倉の腰越漁港の漁師さんから、いいイカが獲《と》れていると連絡があったという。勇一郎のお父さんが店をやっていた頃から、つき合いのある漁師さんらしい。

「よかったら、明日あたり、一緒にイカを仕入れにいってみないか？」と勇一郎。いまもまだ、雨が降ったりやんだりが続いている。けれど、明日は基本的に曇りの予報が出ている。わたしは、しばらく考える……。

「もちろんイカの仕入れにはつき合いたいけど、鎌倉の腰越までいくなら、ちょっと寄りたいところがあるんだけど」と言った。

「腰越で、寄りたいところ？」

12　二度と会えなくてもいいのか

雨は降り続けている。わたしは、自分でもビールを飲みはじめた。枝豆をつまみ、グラスを口に運ぶ。そうしながら、

「たぶん、鎌倉の腰越に、わたしの祖父母がいるの」と言った。さすがに、勇一郎は驚いた表情をしている。「おじいさんと、おばあさんが……」と、つぶやいた。そして、しばらく考えている。

「そうか。いまハワイにいるペギーのお母さんって、神奈川の鎌倉出身だよなあ。で、家出同然でハワイにいった……。そのお母さんの両親がいまも鎌倉に住んでいるのか？」と訊いた。

「そう……」わたしは言った。

わたしはグラスを手に話しはじめた。母が、日本にいる祖母と手紙のやりとりをしている、そのことを知ったのは、10歳の頃だったと思う。

ある日、学校から家に帰ると、母はもう、スーパーマーケットに働きにいっていた。キッチンの片隅に、一通のエアメールが置かれていた。封は開けられ、手紙が半分はみ出していた。母は、急いで読んで急いで仕事にいったのだろう。

わたしは、そのエアメールを手にとった。封筒には、差出人の住所と名前があった。〈JAPAN〉だけ英語で書いてあり、あとは日本語だった。〈神奈川県鎌倉市腰越〉の住所。そして、差し出し人は〈深堀《ふかぼり》美智子〉となっていた。〈深堀〉は母の苗字。ちなみに名前は〈香澄《かすみ》〉だ。

母が、鎌倉の出身だということは、すでに知っていた。しかも一人娘だ。だから、この手紙の差し出し人〈深堀美智子〉は、母の母、つまり祖母だと思えた。少し母には悪いなと思ったけれど、わたしは半分はみ出しているその手紙を手にしていた。薄い便箋《びんせん》に、端正な字が並んでいた。

〈香澄へ
元気そうで何よりです。ペギーの写真もありがとう。
可愛い子に育っていますね。安心しました。
お父さんは、毎日、忙しく仕事をしています。
あの頑固さは変わりませんが、もう少し年をとれば丸くなると思います。
いずれは、あなたともペギーとも会いたいです。
その日を楽しみにしています。
健康で仕事も頑張ってください。
母より〉

そんな手紙だった。わたしは、そっと元に戻した。

いつ頃から、母が祖母と手紙のやりとりをはじめたのか、よくわからない。けれど、一つだけ想像できることがある。母と祖父は、母が日本を発つとき、烈しく反発し合った。けれど、母と祖母の間には、反発や怒りはあまりなかったのでは……。

だから、母と祖母は、いつからか、手紙のやりとりをはじめたのではないか……。

わたしは、子供なりにそんな想像をしていた。

それから郵便物を注意して見ていると、3ヵ月に一度ぐらい、祖母からのエアメールはきていた。

あれは、わたしがハイスクールに通っている頃だった。母が仕事にいっているとき母の部屋を掃除していると、ベッドサイドのテーブルに、祖母からのエアメールがあった。わたしは、それを手にとった。

〈香澄へ

スーパーで働いているようですが、体は大丈夫ですか？

お金が必要なのではないですか？

もし必要なら、お父さんには内緒《ないしょ》でお金を送ってもいいわよ。

遠慮なく言ってください。

母より〉

という内容だった。けれど、祖母からお金が送られた様子はなかった。母は、自分のプライドにかけてお金をもらうのを断った……。あるいは、祖母を心配させないよう、〈お金は大丈夫〉という内容の手紙を送った……。たぶん、後の方だろうと思う。

「それはとにかく、わたしがハワイから日本にくる少し前まで、母と祖母は手紙のやりとりをしていたわ」わたしは言った。そして、ハワイを発《た》つ前に祖父母の住所をメモしてきていた。

「それで、腰越にあるおばあさんたちの家へ？」と勇一郎。わたしは、小さくうなずいた。「おばあさんたちに会うのか？」勇一郎が言い、わたしは首を横に振った。急に母の実家を訪れたら、祖父母を驚かせてしまうだろう。

けれど、母の実家は見てみたかった。母が生まれ育った家を、ちらりとでもいいから見てみたかった。そのことを言うと、勇一郎は、うなずいた。ビールを、ぐいと飲んだ。

「意外に渋滞してなかったな」と勇一郎。ハンドルを握って言った。

翌日の昼頃。わたしたちは、軽トラで湘南の国道１３４号を走っていた。勇一郎が魚の仕入れに使っている軽トラは、時速50キロで１３４号を西に向かっていた。曇ってはいるけれど、雨が降る様子はない。

どうやら、車は鎌倉に入っているらしい。道路の左側に海が広がっている。〈ここが稲村ヶ崎〉〈このあたりが七里ヶ浜〉と勇一郎が教えてくれた。彼方《かなた》に、有名な江ノ島らしい島影が見える。

七里ヶ浜を過ぎる。それから7、8分走ったところで、勇一郎は左のウインカーを出した。道路のすぐ左側が漁港になっていた。そこそこ広さのある漁港だった。

わたしは、日本の漁港にくるのが初めてだった。車をおりると、あたりを見回した。ハワイでは見かけないタイプの漁船が、岸壁に舫《もや》われていた。曇り空に、カモメが何羽か漂っている。

勇一郎は、トロ箱を持って歩いていく。わたしも、ついていく。50メートルほど歩いたところに、〈第七仁徳丸〉という漁船が舫われていた。そのデッキに、漁師らしいおじさんがいた。醬油《しょうゆ》で煮しめたような色に陽灼《ひや》けしている。漁具の片づけをしていたおじさんは顔を上げ、

「おう、勇ちゃん」と言った。となりにいるわたしを見ると、

「ほう、金髪の彼女ができたのか」と言った。

「そんなんじゃないよ。それよりノブさん、いいイカが獲《と》れてるって？」と勇一郎。

「おうよ、持ってきな」と漁師さん。大きなポリバケツを持ってきた。中には、氷づけのイカがたくさん入っている。おじさんは、把《と》っ手《て》のついた網《あみ》をつかむ。イカをすくい、勇一郎のトロ箱に入れていく。トロ箱が一杯になるまで入れた。

勇一郎は、何枚かのお札をおじさんに渡す。「また、よろしく」と言った。


「このあたりだな……」と勇一郎。電柱についている番地表示を見て言った。腰越の漁港を出て、車で1、2分。海沿いの134号から、山側に入っていく。すると、あたりは静かな住宅地になった。

少し道幅の広いところに軽トラックを駐《と》めた。わたしたちは、車をおり、住所表示を見ながら歩きはじめた。〈このあたりだな……〉と勇一郎が言ったのは、歩きはじめて100メートルほどいったところだった。わたしも、メモしてある祖父母の家の住所を見た。確かに、住所だと、この辺だ。

歩いていたわたしは、足を止めた。住宅地の角に、和風の家がある。そこそこ広そうだ。その門柱に、石の表札がある。表札の文字は、〈深堀〉となっていた。祖父母の家に間違いない。落ち着いた感じの家だった。

門の前まできたときだった。中から人が出てくる足音がした。わたしと勇一郎は、塀の角までいき、姿を隠した。

やがて、横開きの扉が開いた音。わたしは、塀の角から、そっと顔を出した。門から年寄りの男性が出てきた。釣りにいくらしく、小さなクーラーボックスを肩にかけ、細い釣り竿《ざお》を持っている。むこうを向いているので、顔は見えない。ほとんど白髪の髪。痩《や》せ型で背が高い。

その後から、やはり高齢の女性が出てきた。年寄りの男性に向かい、

「雨が降るかもしれないわよ。傘を持っていったらどう？」と言った。すると、「いらない。降ってきたら帰ってくる」と彼。少しぶっきら棒な口調で言った。釣り竿を持って、歩きはじめた。顔は見えなかった。けれど、その、やや頑固《がんこ》そうな口調から、明らかに祖父だと思えた。

祖父を見送った祖母は、門の中に戻っていった。

「何か考えてるのか？」と勇一郎。イカをさばきながら訊《き》いた。午後3時半。居酒屋

のカウンターの中だ。勇一郎は、腰越で買ってきたイカの腹わたをとり出しながらそう訊いた。帰ってくる間、わたしの口数が少なかったせいだろう。

「うーん……」わたしは、つぶやいた。自分の考えを整理しているところだった。

わたしを二十歳《はたち》の若さで産んだ母は、いま48歳。とすると、祖父母は、もうとっくに七十代に入っている。祖父は、七十代の半ばを過ぎているかもしれない。さっき、ちらりと見た姿にも、年齢なりの老いは感じられた。

そうなると祖父母のこの先は、わからない。母は、家出同然で家を出たとしても、二度と祖父母に会わなくてもいいのだろうか……。再会せずに人生を終えてもいいのだろうか……。わたしは、そのことを思い、考えを整理しようとしていた。

そのとき、カウンターの端にある店の電話が鳴った。

「居酒屋〈休〉です」わたしが言うと、「あの、ペギーさんですか？」と中年男性の声。わたしが「そうですけど」と言うと、「突然のお電話で失礼しますが、私はFテレビのプロデューサーで、竹田と申します」と相手は言った。かなりな早口で話しはじめた。

「テレビで居酒屋対決？」わたしは受話器を握って、思わず訊き返していた。イカをさばいている勇一郎も、手を止め、こっちを見た。

13　居酒屋対決

　その、竹田というプロデューサーは、あい変わらずの早口で話す。今度、新しい番組をはじめることになったという。それが〈居酒屋対決〉とのこと。実際にある居酒屋の人間が出演し、酒の肴《さかな》をスタジオで作る。それを、料理や酒にくわしい審査員が試飲と試食をして点をつける。そして、勝ち抜き戦スタイルで、毎週放送されるという。竹田は、

「簡単に言うと、そんな番組なんです。そこに、ぜひ、あなたに出演してほしいと思ってね」と言った。わたしは、

「突然、そう言われても……」と、つぶやいた。「もちろん、そうですよね。だから、

ぼくが直接説明したいんだ。急だけど、明日の午後はどうかな？」と竹田。わたしは、少し考えた。

「まあ、とりあえず話をきくだけなら……」と言った。そう返事しなければ相手がおさまらない感じだった。「オーケイ。じゃ、明日の午後1時にお店にいっていいかな？」と竹田。わたしは、了解の返事をして電話を切った。

「まあ、ペギーが決めることだけど、番組に出演すれば、店の宣伝になることは確かだよな」と勇一郎。あい変わらずイカをさばきながら言った。「確かに……」わたしは、つぶやいた。

梅雨のような天気は続いている。いまも、常連客たちの足は遠のいている。この状況が続いたら、店は赤字になってしまう。それは、わたし一人の問題ではなく、中鴨さんの生活にもかかわることだ。とにかく、なんとかしなくては……。

それはそれとして、わたしの中にある一つの考えが芽《め》ばえていた。そのテレビ番組に出ることが、ある重要な転機になるのではないか……。まだ、ほかの人に話すほどの確信はないのだけれど……。

「とりあえず、テレビ局の人の話をきいてみるわ」と勇一郎に言った。

翌日。午後1時ぴったりに、テレビ局の人たちはやってきた。予想に反して、ちゃんとした身なりをしていた。

竹田というプロデューサーは、夏物のジャケットを着ている。四十代だろうか。よく陽灼《ひや》けして、長髪を後ろで束ねている。もう一人、二十代と思える人がいた。

二人とも、Fテレビの名刺をわたしに差し出した。〈編成局　プロデューサー　竹田誠〉と〈編成局　友部哲夫《ともべてつお》〉となっていた。カウンター席にかけた二人に、わたしは麦茶を出した。「どうして、この店やわたしのことを?」と訊いた。

竹田は、スマホをとり出し、操作している。やがて、「これです」と言い、わたしに見せた。あのウェブサイト〈DEEP　TOKYO〉だった。わたしの画像が出ているページが表示されていた。

「このサイトは、いつもチェックしてるんだ。特に今回の企画が立ち上がってからはね」と竹田は言った。そして、「そうそう、とにかく仕事の話だ」と言うと、若い友部という社員が何か書類のようなものをわたしに差し出した。

っている。

どうやら、番組の企画書のようだった。タイトルは、〈真剣！　居酒屋対決〉とな

「全部読むのは時間がかかるから、ざっと説明するよ」と竹田。てきぱきとした口調で話しはじめた。

居酒屋はちょっとしたブームで、いまは若い女性客も多い。そんなわけで、居酒屋に関するテレビ番組も増えている。けれど、その多くが、知名人やレポーターが居酒屋にいって飲んだり食べたりする番組で、変わりばえがしないという。

そこで、Fテレビとしては、スタジオでの居酒屋対決を企画したらしい。スタジオで居酒屋の肴をつくり、酒を出す。酒好き、料理好きで知られている著名人3人がそれを試食試飲し、勝敗を決める。そんな番組らしい。予定では、毎週木曜の夜、11時からの45分番組だという。

「どうだろう。ぜひ、君に出てもらえないだろうか」とプロデューサーの竹田。「もちろん、番組中には実際のお店の紹介もするよ」と言った。

「でも……この東京だけでも、すごい数の居酒屋があるでしょう。なぜ、わたしに？」と訊《き》いてみた。竹田は、うなずいた。

「確かに、居酒屋や洋風のバルは、すごい数があるよ。でも、これはというユニークな店は少ないんだな。ごく普通の居酒屋やバルには、テレビの視聴者も飽《あ》きてきてるのが現状だよ」

「そこで、わたし？」

「そういうこと。ハワイ育ちのハーフのお嬢さんがカウンターの中にいる居酒屋。しかも、由緒ある街並みの残る千駄木という場所との組み合わせもいい」と竹田。麦茶をひとくち。「そこで誤解しないでほしいんだが、これは単なる思いつきで企画した安直な番組じゃないんだ。2日前に〈DEEP TOKYO〉の横山さんに会って、君のことや君が作る肴についても詳しくきいてきた。その上で、君にこうして頼んでいるんです」

竹田は、そう言った。そして「テレビを観てる居酒屋好きには楽しい番組になると思う。ぜひ、君に出てほしいんです」と押してきた。わきから友部が、

「いちおう、スケジュールは、企画書の最後にあります」と言った。わたしは企画書のページをめくった。すると、第1回目の収録はいまから10日後。オンエアーは、その3日後になっている。

そのスケジュールにはさすがに驚いた。わたしは、しばらく企画書を見ていた。やがて、

「これって、いくらなんでも予定がタイトすぎない？　もしかして、何か事情があるんじゃないの？」と突っ込んでみた。

竹田は、しばらく黙っていた。そしてニッと白い歯を見せた。「……確かに、そうだよな……。まあ、正直にうちあけると、番組の初回に出る店の一つは、決まっていたんだ。下北沢《しもきたざわ》にある居酒屋なんだけど、その店が急に対決からおりてしまったんだ」

「おりた？」

「ああ……。たぶん、びびったんだと思う。テレビの対決でもし負けたら、店のイメージダウンになりかねないと恐れたんじゃないかな。いまから2週間前になって、急に断ってきたのさ」と竹田。

「ふうん……。それで、この店を」

「ああ、あわててかわりの店を探して、君の店を見つけたんだけど、結果的にはよかったと思ってるよ」

「……わたしが、同じようにびびって断ることはないと？」訊くと竹田はうなずいた。

「君と会ってまだ30分たらずだけど、こういう時に、シッポを巻いて逃げ出すような女性じゃないと感じてるよ」と言った。なかば挑発されてるのは、わかっていた。まあ、それはそれでいい。

「もしわたしが番組に出るとして、対決する相手は？」

「ああ、神楽坂《かぐらざか》にある創業60年の店だ。本店は神楽坂で大正時代から続いている料亭なんだ。そこが、居酒屋を開業したのが60年前。いまの店主は2代目だ。ハワイ育ちの君とは対照的で興味深い対決になると思うよ」と言った。さらに、

「当然だけど、向こうが出す酒肴は和風になると思うし、レベルは高いだろう。そのことは言っておかなきゃならない」と竹田。相手の店名は、神楽坂の地名からとって、〈神倉亭《かぐらてい》〉だという。

わたしは、10秒ほど考える。

「その番組に出るかどうか、1日考えていい？」と言った。竹田は、うなずいた。

「それぐらいの時間は必要だろうね。でも、1日だ。明日の午後には連絡をくれるかな？　名刺には携帯の番号があるから、電話くれればいいよ」と言った。

「何か、考えごとをしてるな」と勇一郎が言った。竹田たちが帰った2時間後だ。わたしは、カウンターの中で開店のための仕込みをしていた。冷や奴《やっこ》のために浅葱《あさつき》を刻んでいた。けれど、包丁を動かす手がやたらゆっくりになっているのには、自分でも気づいていた。それを見ていた勇一郎が、〈考えごとをしてるな〉と言ったのだ。その通りだった。

「ちょっとね……」と言った。「ちょっと、なんなんだ」と勇一郎。少し苦笑しながら言った。わたしは、しばらく無言でいた。そして、口を開いた。

「……家出同然でハワイにいってしまったママのことを、おじいさんが怒っているのもわかるわ。でも、もう29年前のことだし、その怒りが薄れてきてもいいと思うの。とりあえず、ママとおじいさんには、一度でもいいから再会してほしい。なんといっても、実の親子なんだから」と言った。

「しかし、あの爺《じい》さんは、すごい頑固者なんだろう？」と勇一郎。わたしは、軽くため息……。「それはそうなんだけど、そのところを、わたしがなんとかできないかと思いはじめてて……」わたしは言った。初めて誰かに話すことだった。

「なんとかって、どうやって……」勇一郎が訊いた。

「……とりあえず、おばあさんとおじいさんに、わたしの存在を知らせることからスタートしなきゃならないと思うの。わたしの姿を見てもらうところから、はじめなければ……」わたしが言うと、勇一郎はゆっくりとうなずいた。

「なんとなくわかってきた。もしかしたら、そのためもあって、テレビでの居酒屋対決に出てみようと思ってるのかな？」

「もしかしなくても、そうよ。お店のＰＲはもちろんだけど、おじいさんとおばあさんに、わたしの姿を見てもらえれば、何かが動き出すかもしれないと思うんだけど……」と、わたしは言った。そのときだった。

「ちょい待ち。おれにも言わせろ」という声がした。

中鴨さんだった。杖《つえ》をついて奥からゆっくりと歩いてきた。

「さっきのテレビ局の連中の話も、いまのペギーの話も、耳に入ってたよ。正直、ペギーの家族のことは、おれにはよくわからん。口をはさむのは、おこがましいと思う。だが、今回の居酒屋対決には、ぜひ出て欲しい。その料亭がやってる居酒屋と対決して、やっつけてやれ」と中鴨さん。珍しく、激しいというか熱のこもった口調で言った。なにか、理由がありそうだった。わたしは、冷蔵庫からビールを出す。2つのグラスに注ぎ、1つを中鴨さんに渡した。「ありがとう」と中鴨さん。

ビールをグラス三杯飲んだところで、中鴨さんはぽつりぽつりと話しはじめた。ずっと昔、高校を卒業した中鴨さんは、赤坂にある料亭に、板前の見習いとして入ったという。

「板前の修業は、もちろんきつかったよ。でも、それにはなんとか我慢できた。でも、1年2年と修業を続けているうちに、自分の中で、〈これはなんか違うぞ〉という思いがわき上がってきたのさ」

「これはなんか違うぞ?」わたしが訊き返すと、中鴨さんはうなずく。

「そこは高級料亭だったから、客筋は政治家や大企業のお偉《えら》いさんばかりだった。毎日のように、店の前には高級車やハイヤーが駐《と》まったもんだ。そうしているうちに、心の中の違和感みたいなものは、どんどんふくれ上がっていったんだよ」と中鴨さん。

わたしがグラスに注いだビールを、ぐいと飲んだ。

「その違和感みたいなのを、ごく簡単に言っちまえば、お偉いさんじゃなく、ごく普通の人に食べてもらうものを作りたい。その思いは、どんどん強くなった」

「で……やめた？」

「ああ、ここはおれの居場所ではないと思うようになってな、1年後に、その料亭はやめたよ。そのあと、焼き鳥屋やおでん屋に入って仕事を覚えて、この店をつくったのさ」中鴨さんは言った。店名の〈休〉は、毎日、額《ひたい》に汗をして働いている人たちが、ほっと休めるような店にしたいという思いを込めてつけたという。

　中鴨さんは、顔を上げ、わたしを見た。

「なあ、ペギー、いいチャンスだと思う。その神楽坂の料亭だか何だかがつくった居酒屋と勝負して、やっつけろ」と言った。その目には、これまで見たこともない強い光がやどっていた。


　その夜、10時過ぎ。わたしは、閉店した店のカウンターにいた。便箋《びんせん》を前に、一通の手紙を書こうとしていた。手紙の相手は、腰越に住む祖母だ。わたしは、便箋を前に、しばらく考えていた。どう書こうか、迷っていた。……やがて、心を決める。ボールペンを持った。

〈深堀美智子さま
突然のお手紙、失礼します。〉

14　庶民による庶民のための店

はじめの2行を書いたところで、腹がすわった。オーケイ。わたしは、ボールペンを握りなおした。便箋に向かう。

〈わたしは、孫のペギーです。

母からの手紙でごぞんじかもしれませんが、
わたしは、いま日本に住んでいます。

2年間、広告代理店に勤めたのですが、ついこの前そこを辞めました。

いまは、東京の千駄木にある居酒屋で仕事をしています。〉

そこまで書いて、ひと息。大切なのは、これからだ。いろいろ考えたけれど、ストレートに書くことにした。

〈わたしがこんなことを書くのは、おせっかいかもしれませんが、母が、おばあさん、おじいさんと再会するのは不可能なことでしょうか。一度は決定的に対立した親子だとしても、一生涯そのままでいいのか……。わたしとしても、その辺は迷いながら、この手紙を書いています。もしよろしければ、電話で連絡をいただけるでしょうか。重ねがさね、おせっかいな孫で失礼します。

ペギーより〉

そう書いて、手紙をしめくくった。わたしの携帯番号を最後に書いた。祖母から、なんの連絡もこないかもしれない。でも、それはそれで仕方ない。わたしは、そう腹をくくった。手紙を封筒に入れ、祖母の住所を書きはじめた。

翌日。昼過ぎ。Fテレビのプロデューサー、竹田に連絡をした。居酒屋対決に出ると伝えた。竹田は、「よかった」と言い、収録日の手順についてざっと話しはじめた。わたしは、それをメモしていく……。

その男が店にやってきたのは3日後だった。午後2時過ぎ。わたしは、カウンターの中にいた。夕方からの開店に向けて、仕込みをはじめていた。刺身包丁を手に、マグロの赤身を切っていた。

店の出入口が、ゆっくりと開いた。店の外には、〈準備中〉のプレートを出してある。誰だろう。わたしは顔を上げた。一人の男が、店に入ってくる。

「あのまだ開店してないんだけど」と、わたしは言った。それでも、男は、ゆっくりとした足どりで店に入ってくる。細いストライプのシャツに、夏物の上着を着ている。

40歳ぐらいだろうか。髪は、板前カット。

「準備中は、わかってる。酒を飲みにきたんじゃない」と男は言った。鋭い目つきで、わたしを見た。そして、「あんたがペギーか」と言った。わたしは、失礼なやつだと思いつつ手を止た。

「そういうあんたは？」と訊《き》いた。相手は一拍おいて、「〈神倉亭〉の主人といえば、わかるか？」と言った。神倉亭……。思い出した。１週間後にテレビで対決する居酒屋だ。そこの二代目店主……。わたしは、うなずき、

「思い出したわ」と言った。「その神倉亭の主人がなんの用？　もしかして料理を教えてほしいの？」と言ってやった。相手の顔が一瞬、紅潮した。

「へらず口を叩《たた》く娘だ」と、憎々しげに言った。

「へらず口だけじゃなくて、ほかのものも叩くわよ。アジも叩くしカツオも叩くわ。で、なんの用？」わたしは言った。相手は、しばらく黙っていた。店の中を見回し、また、視線をわたしに戻した。

「噂通りだな。金髪娘がやってるだけが売りものの安っぽい店だ。こんな店と勝負するとはな……」と苦々しい口調で言った。

「わたしに言われても困るわ。嫌なら、やめれば。居酒屋は山ほどあるんだから。とっととシッポを巻いて退散すればいいじゃない」と言ってやった。相手の顔が、また紅潮した。またしばらく無言でいた。そして、

「あんた、まったくわかってないようだな。自分の存在が、居酒屋っていう日本文化に泥を塗ってることを……。それがわかってないから、しゃあしゃあとテレビに出ようとしてるわけだな」と言った。

「ブロンドのわたしがカウンターの中にいるから、泥を塗ってる？　それじゃ、居酒屋って、そんなに偉いものなの？　あんたの頭、どうかしてるんじゃない？」わたしが言うと、相手の顔がまっ赤になった。

「……創業60年の店主に向かって何を……」

「創業何年なんて関係ないわ。庶民による庶民のためのお店が居酒屋ってものでしょう？　あんたみたいな石頭のタコおやじは、とっととくたばれば？」と言ってやった。

「言わせておけば……」と相手。わたしにくってかかる勢い。その瞬間、わたしは包丁を相手につきつけていた。刺身包丁の先を、おっさんの頬につきつけた。おっさんの動きが止まった。

「あんた、けっこう脂《あぶら》がのってるじゃない。その頬は中トロ、いや大トロかもね。一切れもらってもいい？」と言う。おっさんは何か「うぐ……」というような声を出した。

わたしは、包丁の腹で、おっさんの頬を軽く叩いた。「とっとと出てって」と言った。おっさんは、一歩後ずさり。鬼のような顔をしてわたしを睨《にら》んだ。さらに一歩後退。

「1週間後には、思い切り後悔させてやる……」と言った。「それまでに、脳の血管がぶち切れていないといいわね」わたしは、微笑しながら言った。おっさんは回れ右。乱暴に出入口を閉めて出ていった。

「お見事」という声がした。ふり向く。中鴨さんが杖《つえ》をついて奥から出てくるのが見えた。中鴨さんは、冷蔵庫からビールを出す。2つのグラスに注ぎ、1つをわたしに差し出した。わたしは礼を言い、グラスに口をつけた。かなり早口で啖呵《たんか》を切ったので少しノドが渇いていた。

「いるんだよなあ……ああいう店主が」と中鴨さん。「老舗《しにせ》と言われたり、人気店になったりすると、なんか勘《かん》ちがいして、テメエを偉いと思い込んだりする店主がさ……。居酒屋は居酒屋なのに」と言った。さらに、

「ペギー、いいこと言ってたなあ。庶民による庶民のための店……。そうよ、それが

居酒屋のプライドっていうもんだ。お前さん、ハワイ育ちなのに、へたな日本人よりわかってるな」と言った。

わたしは、無言でうなずいた。ビールをぐいと飲んだ。

「いまの店主は、うちの店を偵察にきたみたいだが、どうやら失敗したようだな」と中鴨さん。ちょっと笑顔を見せた。

「それも、大失敗したわ」わたしは言った。中鴨さんが、わたしの横顔を見た。「大失敗？」と訊き返した。わたしは小さくうなずき、

「わたしを、本気にさせてしまったわ」と言った。「……そういうことか」中鴨さんもうなずいた。

今回のテレビでの対決に、わたしはあまり乗り気ではなかった。もともと、人と争うのは好きじゃない。さらに、対決する居酒屋が作った酒肴《しゅこう》を、文化人らしい3人が審査するというのが、まず気にくわない。番組に出る理由があるとすれば、とりあえず勝っても負けても店のPRになる。そして何より、わたしの姿を祖父母に見てもらえるかもしれないという事だ。

ところが、神倉亭の店主とやり合ったことで、気持ちが大きく変わった。

いつか中鴨さんが言ったように、額に汗して一日働いた人たちが、ほっとひと息ついて休めるような店、それが居酒屋の姿だと思う。あの神倉亭のおっさんは、そのところを大きく間違えている。金髪娘が居酒屋のカウンターの中にいると日本文化に泥を塗るだと？　何を偉そうに……。わたしは、胸の中でつぶやいていた。

そして、対決への闘志がわき上がってくるのを感じていた。

わたしは店を出る。勇一郎の店にいった。ちょうど店先にお客はいない。入っていくと、奥に勇一郎がいた。「イカの塩辛、うまくいってる？」と訊いた。

「ああ、材料が新鮮だから、いい感じでできてるよ」と勇一郎。さらに奥に入る。やがて、小皿に盛った塩辛を、わたしに差し出した。わたしは割り箸《ばし》でそれを口に入れた。３秒ほどで、

「うん」と言った。瓶詰めで売っている塩辛とはまるで違う。まず香りがいい。けれど、味はまろやかだ。奥の深い味になっている。「1週間後、テレビ対決の頃には、最高の味になってると思う」勇一郎が言った。わたしは、うなずいた。テレビ対決では、塩辛のピッツァで勝負しようと考えていた。わたしは勇一郎に「よろしく」と言

い、店に戻った。

その日も、夕方から雨が降りはじめた。お客は少なかった。わたしは、9時過ぎに店を閉めた。

対戦相手の神倉亭は、料亭が本店の居酒屋だ。プロデューサーの竹田によると、手をかけた和食でくるだろう。それと勝負するのに対照的なイカの塩辛ピッツァはいいだろう。

そして、そのピッツァの味をさらにアップさせるために何か加えるとしたら、なんだろう……。わたしは皿を洗いながら、そのことを考えていた。

そのとき、カウンターの端に置いてあるスマホが鳴った。電話の着信。わたしは、スマホを手にした。表示されているのは、知らない番号だった。けれど、〈0467〉という局番が鎌倉だというのは調べてあった。わたしは、電話に出た。

「もしもし……」

「あの……ペギー？」と女性の声。

「……もしかして、おばあちゃん？」

15　そうか、タコだった

わたしは、〈おばあちゃん？〉と訊《き》いていた。けれど、すでに相手が祖母だと、わかっていた。というのも、電話で聞くその声が、母によく似ていた。

親子だと、声が似ることは多い。父と息子、母と娘の声には通じるものがある。それを、わたしは経験的に知っていた。わたしの母と祖母では、年齢が違う。けれど、その声には共通するものがあった。

「そうよ、おばあちゃんよ。……本当にペギーなのね……」と祖母。「ええ、はじめまして、ペギーです」わたしは言った。

「あなたの声がきけるなんて……」と祖母。「香澄からの手紙で、日本にきてることは知ってたわ。広告代理店に勤めてたのも……」と言った。そのしゃべり方は、七十代という年齢のわりには、相当にしっかりしていると感じられた。

わたしは、手紙に書いた通り、広告代理店を辞めて、いまは居酒屋で仕事をしていると、ごく簡単に説明した。祖母は、「そうなのね……」と言った。特別に驚いた感じはない。

「……せっかく日本にいるのなら、あなたに会いたいものねえ」と祖母。わたしも、「お会いしたいです」と言った。「でも、おじいさんは、どうなんですか？」と訊いた。

「それがねえ……。もう78になるのに、頑固なところはあい変わらずでね……」と祖母。数秒、無言でいた。やがて、

「実は、おじいさん、2年前に癌《がん》の手術をしてねえ」と言った。

「……癌？」

「そう。胃の半分を摘出《てきしゅつ》したの。それ以来、体力は落ちたわねえ……。本人は意地を張ってるけど、かなり痩《や》せたし、腎臓《じんぞう》へ転移している疑いもあるし……」

「転移？」わたしは訊き返していた。祖母の声のトーンは少し落ちた。「そうなの。腎臓に影があるみたいで、明後日《あさって》、病院で精密検査してもらうんだけど……」と言っ

た。ふた呼吸ほど置いた。

「こんなこと言うのは少し気が早いんだけど、おじいさんが生きてるうちに香澄にも会ってもらいたいとは思うし、孫のあなたの顔も見せてあげたいし……」と言った。

そこで、わたしは、あと10日もすれば、わたしが出るテレビ対決が、オンエアーされることを、祖母に話した。そして、

「とりあえず、わたしの顔は見てもらえます」と言った。「へえ、テレビに……」と祖母の声が明るくなり、「ぜひ観るわ」と言った。

正確なオンエアーの日時が決まったら連絡すると、わたしは言った。祖母は、「遠慮なく連絡をちょうだい」と言った。

うーむ……。わたしは、腕組みをして、考え込んでいた。昼過ぎ。カウンターの中だ。テレビ対決は、3日後に迫っている。

イカの塩辛のピッツァ。それはいいけれど、もう一味加えたい。その一味には何がいいのか、そこに悩んでいた。何種類かの材料を加えて試作してみた。けれど、どうもうまくいかない。メインの塩辛と喧嘩《けんか》してしまったり、逆に存在感がなかったり…

…。そんな材料選びは、壁につき当たっていた。

店の出入口が開き、勇一郎が入ってきた。トロ箱を抱えている。トロ箱の中からマグロの赤身を出し、冷蔵庫に入れた。

彼は、なかばなりゆきで、この店を手伝ってくれはじめている。魚の卸し先の店が潰れては困る……。あるいは、わたしへの応援……。その両方かもしれないけれど、深くは考えても仕方ない。

「どうした。思いつめた顔をして」と勇一郎。わたしは、壁につき当たっている事情を話した。彼は、うなずきながらきいている。きき終わると、

「気持ちはわかるけど、あまり思いつめてもしょうがないだろう……。そうだ、気分転換にいかないか？」と言った。

「気分転換？」訊き返すと彼はうなずく。この近くに、根津神社という神社があり、その境内《けいだい》で縁日《えんにち》が開かれているという。わたしも、縁日という言葉は知っていた。けれど、実際にいったことはない。

「まあ、いってみないか」と勇一郎。少し考え、わたしはうなずいた。ただ悩んでいてもしょうがない。確かに、気分転換は必要だろう。

「けっこうな人ね……」わたしは言った。勇一郎と根津神社に着いたところだった。あい変わらず天気は良くない。いまにも雨が降り出しそうだ。けれど、神社の境内はにぎわっていた。屋台が、たくさん並んでいる。その間を、大勢の人たちが歩いている。子供も大人もいる。浴衣《ゆかた》を着た若い女性もいる。勇一郎とわたしも、そんな縁日の中へ入っていった。

〈あれが綿アメ〉〈あれが金魚すくい〉などと、勇一郎が説明してくれる。そうやって歩いているうちに、いい匂いが漂ってきた。勇一郎が足を止め、その匂いをかいでいる。

「タコ焼きか……。たまにはいいな」と言った。その視線の先には、確かにタコ焼きの屋台があった。タコ焼きは、ハワイにもある。日系人がよくいくスーパーマーケットなどで、すでに焼いたものを売っている。

けれど、実際に焼いているのを見たのは初めてだった。わたしも、その匂いをかいでいた……。そうしているうちに、頭の中にひらめいた。

〈そうだ、その手があった……〉勇一郎にふり向く。「帰ろう」と言った。驚いた表情をしている彼の手を引っぱる。早足で縁日を出ていく。

「タコか……」勇一郎が、つぶやいた。30分後。居酒屋のカウンターの中だ。わたしは、タコの足をスライスしていた。

勇一郎の店に寄り、茹《ゆ》でダコを少しもらってきた。わたしは、それを薄目にスライスしていた。

イカの塩辛のピッツァ。そこに加えるひと味を探していた。そこでタコ焼きを見て思いついた。そうだ、タコがあったと……。塩辛は、どちらかといえば濃い味だ。それに、少し淡い味のシーフードを加えたかった。そこで、タコだ。

なんで思いつかなかったんだろう……。イカといえばタコじゃないか……。わたしは、そんなことを胸でつぶやきながら、タコの足をスライスしていた。

やがて、ピッツァをつくりはじめた。その具は、イカの塩辛と茹でダコのスライスだ。

しばらくすると、こんがりと焼けたピッツァができ上がった。ＣＤのディスクより少し大きいピッツァ。それに切れ目を入れ、カウンターに置いた。

勇一郎は、その一片をとり口に入れた。噛《か》みしめる。右手の親指を立て笑顔を見せた。「こいつはいけるよ」と言った。テレビ対決へのカウントダウンがはじまった。

対決の当日、わたしは、勇一郎の軽トラでFテレビにいった。番組の収録は、午後3時からだという。わたしと勇一郎は、3時少し前に、テレビ局に着いた。プロデューサーの竹田に言われていた通り、地下駐車場に車を入れようとした。

地下駐車場への入口には、警備員がいる。そのわきに、社員の友部がいた。わたしの顔を見ると、微笑し軽く会釈した。わたしたちは、駐車券をもらい地下一階に駐《と》めた。友部が、「こっちです」と言い、エレベーターの方に歩いていく。勇一郎とわたしは、食材を持ちエレベーターに乗った。

収録するスタジオは三階にあった。いろいろな人が、あわただしく動いている。わたしたちは友部について、スタジオに入っていく。

プロデューサーの竹田が、わたしの方に歩いてきた。笑顔を見せ、「よろしくね」と言った。

スタジオでは、準備が進んでいた。厨房《ちゅうぼう》が2つ作られている。対決するそれぞれの居酒屋がそこで肴《さかな》を作り、酒を用意するということらしい。2つの厨房の間は、かなり高さのある曇りガラスで仕切られていて、対決する相手が何を作っているか見えないようになっている。

わたしたちは、AD、つまりアシスタント・ディレクターに案内され、厨房の片方に歩いていく。そこで、対決する神倉亭の主人と顔を合わせた。彼は、わたしを見ると、小馬鹿にしたような薄笑いを浮かべ、「まあ、せいぜい頑張るんだな」と言った。自分たちの勝ちが当然と言わんばかりの嫌味な態度だ。わたしは、それを無視。持ってきた食材を、厨房に並べはじめた。

神倉亭の方も、食材を厨房に並べはじめた。むこうは、店主以外に3人のスタッフが動き回っている。

そのときだった。「ペギー」という声がした。ふり向く。そこに道久が立っていた。

16　塩辛は、行方不明

「道久……どうしてここに？」わたしは訊《き》いた。道久は微笑を浮かべ、「局の人から、居酒屋対決にペギーが出るってきいて、応援にきたんだ」と言った。

そうか……。道久は、広告代理店の媒体担当だ。仕事柄、テレビ局の人たちとはつき合いがあるし、テレビ局にもよく打ち合わせにいっていた。だから、そういう情報を知ったとしても不思議はない。

道久とは、久しぶりだった。「元気そうだね……」と道久が言い、わたしはうなずいた。そのときだった。

「ちょっと失礼」とプロデューサーの竹田。台本のようなものを持っている。番組の進行について説明したいという。道久は、「また、後で」と言い、はなれていった。

竹田が、説明をはじめた。対決する2つの居酒屋が、肴を一品作る。そして、選んだ一杯の酒と一緒に、3人の審査員がそれを試食試飲する。審査員には、その肴や酒の内容は知らされていない。

審査員3人が、その肴と酒を口にしたあと、それぞれの居酒屋が、出したものの説明をする。そして、審査員が、どちらの酒肴《しゅこう》がよかったかそれぞれ発表する。審査員は3人だから、引き分けにはならず、そこで勝負が決まる。

確かに、厨房と並んで、審査員3人のための酒落《しゃれ》た横長テーブルと椅子が用意されている。

「まあ、きょう収録して、いらない場面はカットしたりして編集するから、あまり緊張しなくていいよ」と竹田が言った。わたしは、うなずいた。

「あれ？　塩辛、どこ？」わたしは近くにいた勇一郎に訊いた。「塩辛？」と勇一郎。けげんな顔で、あたりを見回している。

きょう使うイカの塩辛は、広口の瓶に入れて持ってきた。トロ箱から出して、厨房のどこかに置いたはずだ。それが見つからないのだ。「おかしいわねえ」わたしは、つぶやいた。瓶を探しはじめた。勇二郎も、一緒になって探してくれる。そのとき、「あと10分で、収録をはじめます」とADが言ってきた。

そう言われても、あの塩辛がなければピッツァは作れない。どうしよう……。わたしは、もう一度、厨房を探した。けど、それほど広い厨房ではない。すぐに探し終わった。塩辛は見つからない。

どうしよう……。竹田に言って、収録の開始をのばしてもらおうか……。でも、塩辛をとりに千駄木の店まで戻ったらすごい時間がかかってしまう。いま、審査員らしい3人が、審査員席についたところだった。収録の準備が終わろうとしていた。わたしの額に、汗がにじみはじめた。

そのときだった。道久が、わたしの方に歩いてきた。

「これ」と言って、瓶をさし出した。それは間違いなく塩辛の瓶だった。「これ、どこに……」訊くと、道久はわたしの耳もとに口を近づけ、「スタジオの隅《すみ》、物陰《ものかげ》に隠してあった」と言った。

「いったい誰が」と訊いた。道久は声をひそめたまま。「対戦相手の若いスタッフ。

何気なく眺めてたら、そいつがこの瓶を持っていくのに気づいた」と言った。

そうか……。収録開始の前で、スタジオの中は、さまざまな人が動き回っている。そんな隙《すき》をついて、この瓶を……。わたしは、唇を噛《か》んだ。いわゆる見物人でいた道久だから、それを見つけたのだろう。わたしは、

「ありがとう、感謝するわ」と道久に言った。〈そこまでして勝ちたいのか……〉とつぶやきながら、隣りの厨房を見た。神倉亭の店主は、そしらぬ顔で準備をしている。

わたしは、いま自分が言った〈そこまでして……〉の言葉を、胸の中でくり返していた。そして思った。相手は、そこまでしても、この対決に勝ちたいのだ。老舗《しにせ》のプライドにかけて、金髪娘の店に負けるわけにはいかないのだろう。

オーケイ、わかった。それならそれでいい。金髪娘の実力を見せてやろうじゃないか。わたしは、胸の中でつぶやいていた。

「本番1分前です！」とADの声がスタジオに響いた。司会者の男女が、中央に出て、指定の位置に立った。2人ともテレビ局のアナウンサーらしい。ヘアメイクの女性が、女性アナの髪にさっとブラシを入れて最後の仕上げをした。す早く、はなれていく。

「本番30秒前!」とAD。何台かあるカメラが、アングルを決めた。ADが、「5秒前!」と言い、指を折りながらカウントする。4、3、2、1で、司会者たちに向けて指でキューを出した。

司会者の2人が、「真剣! 居酒屋対決!」と声をそろえた。収録が、はじまった。

「さて、今週からいよいよはじまりました居酒屋対決」と男性アナ。「どんな対決になるのか、わくわくしますね」と女性アナ。その2人が、番組のアウトラインを説明する。そして、審査員の3人を紹介した。

中年の男性が2人と、中年の女性が1人だ。

男性の1人は、〈居酒屋評論家〉だという。司会者の紹介だと、これまでに全国数千軒の居酒屋やバルをめぐり、その紹介本もだしているらしい。横分けの髪はだいぶ薄くなり、細い口ヒゲをはやしている。仕事が忙しいのか痩せ型だ。

真ん中にいる中年女性は、居酒屋のガイドブックを出している出版社の編集長だという。40歳ぐらいに見える。顔は、ややふっくらしている。メタルフレームの眼鏡をかけている。

その右側のおじさんは、〈グルメ俳優〉だという。わたしは、テレビや映画で顔を見たことがない。なんでも、自分でも包丁を握り、料理の腕はプロ級だという。髪はオールバックにして、顔の色つやがいい。さぞかし、美味《おい》しいものばかり食べているのだろう。

「では、今夜対決するお店を紹介しましょう」と司会者。カメラは、すでに、わたしたちに向けられている。

「まず青コーナー！」司会の男性アナが、ボクシングの対戦になぞらえたように叫んだ。

「東京は神楽坂で開業して60年、居酒屋〈神倉亭〉。きょう腕をふるうのは、二代目店主の石丸三郎さんです！」と大きな声で紹介した。神倉亭のおやじは、カメラに向かい軽く頭を下げた。きょうは、紺色の作務衣《さむえ》を着ている。頭にも、藍色《あいいろ》の手ぬぐいを巻いている。確かに、居酒屋のオヤジっぽさは満点だ。

「では、対する赤コーナー！」と女性アナ。「ハワイからやってきたペギー・深堀さんが腕をふるう居酒屋〈休〉！　こちらは下町情緒漂う千駄木、団子坂下のお店です！」と声を上げた。カメラが、わたしに向いている。わたしは、ハワイに住んでいた頃から着ている〈Strong Current《ストロング・カレント》〉のTシャツ姿。カメラに向かってニッコリしてあげた。

オンエアーされるときは、ここで、それぞれの店の紹介が入るという。ちなみに、うちの店には2日前にカメラマンがきて、店の内外や、カウンターの中にいるわたしの姿を撮っていった。

「では！ 両店に、これがうちの店だというお酒と肴《さかな》を用意していただきましょう。制限時間は20分です！」と司会者。その声が、しだいにかん高くなる。

「いきますよ！ 世紀の対決、開始！」司会者が叫ぶと同時に、ボクシングに使うゴングが鳴った。

わたしの気持ちは、もう落ち着いていた。やることは、わかっていた。ピッツァを作るには、20分もあれば充分だ。そして、お酒の準備もできている。

一方、隣りの神倉亭は、かなり早いペースで動いているようだ。曇りガラスの仕切りで、よくは見えない。けれど、店主と2、3人のスタッフが、あわただしく動き回っているようだった。

こっちは、わたし一人だけだ。勇一郎は、はなれて見ている。

きょう、ピッツァの生地《きじ》は自分で作った。市販のものより少し薄く作ってある。その上にピッツァペーストや具をのせていく。チーズをかぶせ、オーブンで焼く。ピッツァを焼いている間に、お酒の準備もはじめた。

20分は、あっという間に過ぎた。「1分前！」と司会者が叫び、やがてゴングが鳴った。「タイムアップです！」と司会者。わたしはすでに手を止めていた。

「では、さっそく、出来上がった酒肴《しゅこう》の審査に入ります。まず、青コーナー、神倉亭の方からお願いします」司会者が言った。

神倉亭の店主、石丸が、ガラスの皿にのった一品を3人の審査員の前に置いた。見た目にも美しい料理だった。そして、審査員の前にグラスが置かれた。江戸切子らしい小さ目のグラス。その中には、どうやら冷酒が入っているらしい。

勝負のときがきた。

17　額《ひたい》に汗して働く人のために

3人の審査員は、前に出された一品を見て、〈ほう……〉という表情をしている。それは、薄いグリーンのプリンのようなものだった。ガラスの器にのっているその薄いグリーンが、いかにも涼しげだ。そして、その上には、生ウニらしいものがのっている。

確かに生ウニだった。プリンの薄いグリーンと、生ウニの濃い黄色が、美しいコントラストを見せている。認めるのは悔《くや》しいけれど、美しく出来た一品だった。そして、青い切子のグラスには冷酒……。

「それでは、審査員の方々に試食していただきましょう」と司会者。審査員の3人は、そえられているスプーンで、プリンと生ウニをすくい、口に入れた。

3人とも、うなずいている。興味深そうな表情。特に〈グルメ俳優〉が、大きくうなずいている。わきに置かれた冷酒をひと口……。そして「いやあ、これはいい」と言った。残りの2人も、冷酒を口にし、満足したような笑顔を見せている。

「それでは、この酒肴を作られた神倉亭の石丸三郎さんに解説していただきましょう」と司会者。石丸にマイクを向ける。やつは、わたしに対するのとはまるで違う温厚でていねいな口調で話しはじめた。

「ええ、今回は季節柄、日本の夏をテーマに酒肴を作らせていただきました。まず、茹《ゆ》でた枝豆の豆だけをとり出し、裏ごししました。それに生クリームを加え味をととのえ、プリンのような食感にしてみました。その上には、夏の北海道から直接とり寄せた生ウニをのせてございます。お酒の方は、大吟醸《だいぎんじょう》の名品〈十四代〉、その中でもおすすめの〈龍月《りゅうげつ》〉を冷やでめし上がっていただきました」と言った。

〈居酒屋評論家〉は、「これは枝豆だったんだ……淡いが、しっかりとした風味に仕上がっている」と言う。あらためてスプーンですくい口に入れた。女性編集長も、同じことをしている。それぞれに、うなずいている。

審査員の反応は、相当にいいようだ。

石丸が口にした〈日本の夏〉という言葉は、ハワイ育ちのわたしに対する当てつけのようでもあった。

「石丸さん、ありがとうございます。それでは、赤コーナー、居酒屋〈休〉のペギーさん、お願いします」と司会者が言った。

わたしは、まずピッツァを出した。CDのディスクよりひと回り大きなピッツァが3枚。それぞれ切れ目を入れ白い皿にのせて、審査員の前に置いた。そして、大きめのグラスに入った飲み物も、その隣りに置いた。

「ほう、ピッツァか……」と〈グルメ俳優〉。

3人は、ピッツァを手でとり口に入れた。味を確かめるようにゆっくりと食べている。〈居酒屋評論家〉は、「これには何が入っているんだ……」とつぶやく。そして、グラスに入ったお酒に口をつけた。

「……アンチョビ？　違うかしら……たぶん違うわね」と女性編集長。やはり、ピッツァを食べグラスのお酒を飲んでいる。

「ピッツァがここまで微妙な味になるとは……」と〈居酒屋評論家〉。ピッツァを食べ終え、またグラスのお酒をぐいと飲んだ。

「それでは、この酒肴を作られたペギーさんに解説していただきましょう」と司会者。

わたしにマイクを向けた。わたしは、ひと息つく。

「ピッツァに使った具は、イカの塩辛と茹でたタコの薄切りです。飲み物は、レモンサワーです。ごく平凡な焼酎《しょうちゅう》を使ったものです」と言った。

「そうか、入っていたのは塩辛とタコだったのか……どうりで微妙な味わいがするんだな」と〈居酒屋評論家〉。あとの2人も、小さくうなずいている。そして、〈女性編集長〉が、

「訊《き》きたいんですけど、アンチョビなどのかわりにイカの塩辛を使ったのには、何か理由があって？」と言った。わたしは、うなずいた。

「わたしの家は母子家庭で、あまり経済的な余裕がありませんでした。しかも、ハワイでは、ヨーロッパから輸入されるアンチョビは安いものではありません。そこで、わたしの母は、もっと安く買えるイカの塩辛を使ってピッツァを作っていました」と正直に言った。

「それじゃ、これは、あなたのお母さんの味というわけね？」と編集長。わたしは、

微笑してうなずいた。編集長が、

「ついでに、もうひとつ訊きたいんだけど」と言った。「このピッツァ、塩味をやや多めにきかせてある気がするんですけど、それには理由があるんですか？」と、わたしを見て訊いた。わたしは、

「……たとえサラリーマンの方でも、大工《だいく》さんでも、運転手さんでも、その一日、額《ひたい》に汗して働いた方が、心も体もリラックスして飲めるのが居酒屋だと思うんです。だから、味つけはやや濃い目にして、アルコール度をおさえたレモンサワーで口の中をスッキリできるようにしてみました」と答えた。編集長は、小さくうなずいた。

そこで、試食試飲は終わったらしい。司会者が、「それでは、いよいよ勝負が決するときです！」と声をはり上げた。

「青コーナー〈神倉亭〉に軍配を上げる審査員の方は、青のプレートを、赤コーナー〈休〉に軍配を上げる方は赤のプレートをお上げください」と司会者。それぞれの審査員の前には、フライパンを形どったらしい青と赤のプレートが置かれている。いよいよ、決着がつく……。

「では、真剣勝負、決着のときです！」と司会者。「審査員の方々、青か赤か、お上げください！」と声をはり上げた。

審査員の3人は、即座にはプレートを上げない。まだ迷いがあるのか……。そんな中で、〈グルメ俳優〉が手を動かした。ゆっくりと、青のプレートを握り、上げてみせた。青！　神倉亭に1票が入った。

つぎに手を動かしたのは、〈居酒屋評論家〉だ。ゆっくりと、赤のプレートを握り、上げた！　これで1対1の同点。最後、編集長がどちらを選ぶかで勝負が決まる。

それもあってか、編集長は、しばらく動かない。頭の中で、考えを整理しているような表情だ。やがて、それもすんだらしい。彼女の右手が持ったのは、赤のプレートだった！　それをゆっくりと上げてみせた。

2対1で、わたしの勝ち！　その瞬間、スタジオの上の方でクス玉が割れた。2つあるクス玉の赤のクス玉が割れ、〈祝！　居酒屋休〉のたれ幕。そして、金色の紙吹雪《ふぶき》が降ってきた。神倉亭の石丸は、唖然《あぜん》とした顔をしている。

「それでは、ペギーさんの酒肴《しゅこう》を選んだお2人に、感想をうかがいましょう」と司会者。まず、〈居酒屋評論家〉が口を開いた。

「両方とも文句なく美味《うま》かった。ただ、〈神倉亭〉の酒肴は、こちらを緊張させたんです。比べて〈休〉の方は、こちらをほっとさせる何かがあった。そこが分かれ目だったかな」と言った。

続けて、編集長が口を開いた。

「〈神倉亭〉さんの酒肴は、完成度でいえば百点満点だと思います。が、この酒肴は高級な料亭のものではないかと思います。北海道から直接生ウニをとり寄せるのはいいですがいくらかかるでしょうか……。大吟醸の十四代・龍月も、買おうとしたら1万円ぐらいするお酒です。これだと、居酒屋の酒肴としてはどうなんだろうと首をひねってしまいます。片や、お母さんの味を再現したペギーさんの酒肴は、背のびせず、誰でも手に入る材料を使ったものでした。〈額に汗して働く人たちのために〉という言葉にも、ちょっと感動しました。それこそが、居酒屋というものの原点だと思うからです。それをあらためて教えてくれたペギーさんには、感謝したいと思います」

編集長は、落ち着いた口調でそう言って微笑した。スタジオの中、どこからともなく拍手がわき上がった。わたしは、スタジオの隅にいる勇一郎と道久に向かい、右手の親指を上げてみせた。

収録が終わって5分後。プロデューサーの竹田が、わたしの方にやってきた。小声で「おめでとう」と言った。そして、今後の説明をはじめた。

きょう収録したものは急いで編集し、3日後の金曜日にオンエアーされるという。

「で、さっそくだが、つぎの収録は1週間後だ」と竹田。

「え？　次もわたしが出るの？」と訊くと、「ああ、最初に勝ち抜き戦スタイルでやると言ったよね」と竹田。確かに……思い出せば最初の電話でそうきいたような……。

竹田は、どんどん話を続ける。「次の相手は、〈キモ屋〉っていう、内臓料理が中心の居酒屋だ。足立区にある店だよ」

「内臓料理……」

「ああ、鶏や牛の内臓を使った料理で好評な店だ。当然、店の人気メニューを出してくるだろうな。頑張って」と竹田。わたしは、渋々うなずいた。そして考えていた。

最初の対戦相手は、完成度の高い和食の店。そして、つぎは内臓料理。ということは、ごく平凡な居酒屋は選ばないらしい。まあ、テレビ番組としては当然かなとも思った。

スタジオでは、スタッフたちが片づけをしていた。「じゃ、これで」という声。道久が軽く手を振り、帰ろうとしている。わたしは、「あの……」と言った。収録の前、隠された塩辛の瓶を見つけてくれた、そのお礼を言おうと思ったのだ。けれど、「また後で連絡するよ」と道久。わたしに笑顔を見せ、スタジオを出ていった。

「そうか、勝ったか。当たり前だが、よくやった」と中鴨さんの声が響いた。勇一郎の軽トラで千駄木の店に帰ろうとしていた。わたしは助手席で〈休〉に電話をかけた。テレビ対決で勝ったことを中鴨さんに知らせたところだった。「もうすぐ帰るから、くわしく話すわ」わたしは言って電話を切った。

通話を切ったスマホを手に、しばらく考えていた。番組がオンエアーされる日時は、わかった。それを、腰越の祖母に知らせたかった。けど、電話して、もし祖父が出たら、どうしよう……。

そのことで迷っていた。

18　満席

　5分ほど車で走っているうちに、そんな迷いも消えていた。わたしは、スマホを手に持ちなおす。祖父母の家の番号にかけた。コール音が、1回、2回、3回、そして、

「深堀です」と祖母。

「あの」と言うと、「ペギーね」と祖母。わたしは、話しはじめた。さっき、テレビ対決の収録が終わったことを話した。

「そうなの……お疲れさん。で、どうなったの?」と祖母。わたしは、対決には勝ったこと、そして、3日後の夜11時からオンエアーされることを話した。

「そう、よかったわねえ。必ず観《み》るわ」と、祖母。そこで、わたしは、ひと息……。

そして、「おじいさんは観るかしら」と言った。

祖母は、しばらく考えている様子。「今夜にでも話してみるわ」と言った。そして、「とにかく、テレビを観たら、電話するわね」と言ってくれた。


店に帰ると、小雨がぱらつきはじめていた。中鴨さんは、カウンターの席ですでにビールを飲んでいた。わたしが入っていくと、〈よくやった〉をくり返し、わたしの背中をばしばしと叩《たた》いた。なんだか、急に元気が出たようだった。

その夜遅く。道久から、ラインがきた。〈きょうは、よかったね、おめでとう〉と彼。〈半分は道久のおかげよ。あの盗まれた塩辛を見つけてくれたんだもの。何かお礼をしなくちゃね〉と返信した。

しばらくして、〈お礼はいいけど、一度、食事でもしないか？　ぼくらの付き合いを、自然消滅にしてしまうのは残念だから〉とメッセージがきた。

〈わかったわ。近いうちに、ゆっくり食事をしましょう〉と、わたし。〈ああ、楽しみにしてるよ。つぎのテレビ対決も頑張って〉と道久。

わたしは、道久のメッセージを、じっと見つめていた。その優しさが、テレビ対決の緊張をほぐしてくれるのを感じていた。広告代理店に勤めていた頃と同じように……。わたしは、まだ道久の優しさを必要としているのだろうか……。これから先も必要とするのだろうか……。いまはまだ、はっきりとわからない。静まり返った深夜の店。蛇口から落ちる水滴が、シンクに落ちて、ポタッ、ポタッと小さな音をたてている。静かだった。週末に道久の部屋に泊まった夜と同じように、わたしの心は、一種、やすらいでいた。

番組がオンエアーされる夜は大変だった。噂をききつけて、常連客が店にやってきた。神林さんをはじめ、元銀行員の藤沢さん、元タクシー運転手の取手《とりで》さん、元畳《たたみ》職人の伊戸木《いどき》さん、などなど……。みな、テレビのある奥の部屋で中鴨さんと飲んでいる。

わたしは照れくさいので、いつも通りカウンターの中で仕事をしていた。カウンター席では、勇一郎だけがゆっくりとビールを飲んでいた。

わたしは、奥の部屋に飲み物や肴《さかな》を運んであげた。そうしながらも、ポキの仕込みをはじめた。それには、はっきりした理由があった。今夜、居酒屋対決の番組がオンエアーされる。そうすると、店のお客が急に増える可能性がある。そのために、肴を多めに用意しておくことも必要だろう。

そして、わたしがポキを作っているのには、もう一つの理由があった。それは、つぎのテレビ対決に向けた準備だった。つぎの番組収録は4日後だ。

つぎに対決するのは、〈キモ屋〉という居酒屋。鶏《とり》や牛の内臓を使った料理を得意にしている店だという。わたしは、その店のホームページを見てみた。そこには、店の代表的な料理が出ていた。料理法は、それぞれに凝《こ》っている。けれど、材料が材料だけに味が濃厚なのは共通している。

それに対抗するには、マグロの赤身を使ったポキがいいと思えた。そこで、いろいろなポキを作っていた。これまで作ったことのないものも作ってみていた。できるだけ、爽《さわ》やかな味つけにしてみようと考え、試作していた。

テレビでは、いよいよ居酒屋対決がはじまったらしく、酔っている常連さんたちの歓声が奥からきこえている。番組は、大家の大辻さんが録画しておいてくれるので、わたしはポキを作り続けた。

「はい、ペギー」と大辻さん。1枚のDVDを渡してくれた。翌日の昼過ぎ。そろそろ店にいこうかと思っていたところだった。大辻さんが渡してくれたのは、きのうオンエアーされた居酒屋対決を録画し、それをDVDにコピーしてくれたものだ。

「お疲れさま。面白かったわよ。つぎも頑張って」と大辻さん。わたしはお礼を言いディスクをうけ取った。

わたしが借りている離れには、狭いけれど縁側がある。わたしは、そこに腹ばいになった。母に宛《あ》てた手紙を書こうとしていた。エアメール用の青い便箋《びんせん》を前に、わたしは書き出しを考えていた。そろそろ花をつけはじめている紫陽花《あじさい》の茂みを眺め、ぼんやりと考える。さて、どう書きはじめよう……。けれど、直球勝負でいくことにした。

〈ママへ〉という書き出し。広告代理店を辞めたこと。その理由。そして、いまは居酒屋で働いていることを、何も隠さずに書いた。

30分ほどで書き終えた。わたしは、その手紙をたたんだ。ディスクと一緒に封筒に入れた。ハワイの住所を書いていく。庭では、吹いてくる風に紫陽花が揺れている。

「こりゃいったい、どうしたんだ」と神林さん。店に入ってくるなり言った。

夕方の5時40分。神林さんが店に入ってきたとき、店は満席になっていた。座っているお客は、みな初めての人たちだった。中には外国人もいる。どうやら、テレビ対決の反響は、予想以上のようだ。

すでに、常連客の藤沢さんや伊戸木さんは、奥の部屋に逃げ込んでいる。中鴨さんと一緒に、卓袱台《ちゃぶだい》を囲みテレビを観ながら飲んでいる。神林さんも、奥に入っていった。

わたしは、カウンターの中で奮闘《ふんとう》していた。まさに額《ひたい》に汗を流して、お客が注文するものを作っていた。勇一郎もカウンターの中で手伝ってくれている。主に飲み物を作ってくれる。それをカウンターのお客に出す。ときどき、奥にいる中鴨さんや常連さんたちに飲み物を持っていく。

とにかく、きのうまでとは別の店のようになっていた。店内に熱気がたちこめている。わたしは、この店にきて初めてエアコンをつけた。

「これだけ働いてるんだから……」と勇一郎。「タダとは言わないわよ。ギャラは、たっぷりはずむわ」と、わたし。鯵《アジ》のフライを揚げながら言った。汗が目に入りそうだった。

「やれやれ……」勇一郎が言った。頭に巻いていた手ぬぐいをとった。

夜の10時過ぎ。フリーのお客は、みな帰っていった。というのも、用意していた食材がなくなってしまったのだ。それだけ、注文が多かったということになる。

常連さんたちは、まだ奥の部屋で中鴨さんと飲んでいる。ポテトチップスや柿の種を肴に、にぎやかに飲んでいる。

わたしも、ほっとひと息。洗い物は少し後回しにして、冷蔵庫からビールを出した。2つのグラスに注ぐ。勇一郎と、「お疲れさま」と言いグラスを合わせた。ぐいっとビールを飲み、ふーっと息を吐いた。

「明日は、もっと食材を用意しとかなきゃダメだな」と勇一郎。わたしは、うなずいた。今夜も、食材がなくなり、お客さんたちには帰ってもらったのだ。わたしは、食材の仕込みに使っている小型のノートをとり出した。それを開こうとしていると、自分のスマホに着信した。かけてきたのは、腰越の祖母だった。わたしは、疲れていたけど、つとめて元気な声を出した。

「おばあちゃん、ペギーよ」と言った。「あ、ペギー。きのうはテレビ観たわ。よかったわよ」と祖母。わたしは、スマホを耳にあてたまま、うなずいた。

「それにしても……」と祖母。「あの番組を観てて、少し悲しい気持ちにもなったわ」と言った。

「……悲しい気持ち？」わたしは訊《き》き返した。祖母は、何秒か無言でいた。そして、

「香澄は、やはり、楽じゃない暮らしをしてたんだってあらためてわかって、ちょっと悲しかった……。いくらハワイでは安くないといってもアンチョビを使うのを節約してたなんて……それをきくと胸が痛んだわ。それほど生活が楽でないのなら、私がお金の援助をしてあげられたのに……」と祖母は言った。わたしは、しばらく考える。

「でも、それはあまり気にしないでいいと思います。母は、裕福ではないけど、それなりに頑張っているし、なんといっても意地っぱりな人だから……」と言った。そこで思い出した。

「意地っぱりといえば、おじいさんはテレビを観てくれました？」わたしは訊いた。

「観たわよ。このところ、夜になると体がだるいって言ってテレビも観ないことが多

かったのに、あなたが出るというんで、熱心に観てたわ」と祖母。

「……夜になると体がだるいって、体調があまり良くないんですか？」訊くと、祖母はしばらく黙っていた。やがて、

「癌が、やはり腎臓《じんぞう》に転移してるみたいで……」

「転移……」わたしは、つぶやいた。腎臓の癌はやっかいだと、どこかできいた覚えがある。

「……それで、お医者さんはなんて？」と思い切ってきいてみた。祖母は、またしばらく無言でいた。そして、

「転移はかなり進んでて、もう手術ができるような状況じゃないみたい……。もっても、あと半年じゃないかって……」

「あと半年……」わたしは、スマホを持つ手に思わず力を込めた。

19　煮ても焼いても食えない

「そのことを、本人には?」わたしは、また訊いた。祖母は、「私の口から伝えたわ」と答えた。「……でも、半分は覚悟してたみたい。あれだけ意固地《いこじ》な分、潔《いさぎよ》いところもある人だから」とつけ加えた。

わたしは、それをききながら再び思っていた。いくら強く反発し合った親子だからといって、一生、再会することなく終わってもいいのだろうか……と、胸の中でくり返していた。そこで、ひと呼吸、ふた呼吸……。

「あの……もし、わたしの母が日本に帰ったとしたら、おじいさんは、会ってくれるかしら……」と祖母に訊いた。

「香澄が日本に？……」と祖母。「ええ、もし帰ったとしたらですけど……」わたしは言った。

「香澄が、戻ってきたいと？」

「それは、確かめたわけじゃないけど……」と、わたし。「いくらひどい別れ方をしたといっても、それから29年ぐらい過ぎてるわけだから、もう、心のわだかまりも消えているんじゃないかと……」と言った。

「29年ねえ……。そうかもしれないわね。私は二人を会わせてあげたいけど、おじいさんも頑固な人だし、香澄も、その血をひいているのか意地っ張りな娘だし、どうかしら……」と祖母は言った。

「難しいでしょうか……」

「正直言って、話してみないとわからないけど、おじいさんも、自分もそう長くはないと知ったわけだから、一度は娘の顔を見たいと思うかもしれないし……」と祖母。

「それと、おじいさん、テレビであなたのことを観てから、少し変わったみたいなの」と言った。

「わたしを観て変わった？」と訊き返した。「そうなの。私が香澄と手紙のやりとりをしてることは、おじいさんも気づいてたし、香澄がハーフの娘を産んでハワイで育ててることも、さりげなく話していたわ。でも、実際に、自分と同じ深堀という苗字の孫娘をテレビで観ると、何か微妙に心が動いたんじゃないかしら」と祖母。「テレビを観てしばらくしてからかしら……。〈あのペギーという娘は、あまり香澄に似ていないな〉って、わざとぶっきらぼうに言ったの。これまで、私が香澄のことを話しても、ただうなずいてきき流していただけなのに、香澄っていう名前を口にしたわ。もしかしたら、香澄が家を出てハワイにいって以来、初めてかもしれない……。いつもならとっくに布団に入ってる時間なのに、かなり遅くまで起きてたわ」

祖母は言った。

「へえ……」わたしは、つぶやいた。「やっぱり孫の顔を見ると心がなごむのかしらねえ……」祖母は言った。わたしは、しばらく考える……。そして、

「おじいさんが会ってくれるかどうかはとにかく、ハワイの母に話してみます。一度、日本に帰ってくる気はないかどうか、さりげなく訊《き》いてみます」と言った。

「わかったわ。その様子を、また知らせてちょうだい」と祖母は優しい声で言った。

「いまの、あの腰越のおばあちゃんか？」と勇一郎が訊いた。わたしは、うなずき、ビールを飲みながら、電話の内容を説明した。きき終わった勇一郎は、

「親が年をとると、いろいろ難しいよな……」と言った。「勇一郎のところも何か？」と訊くと、「まあね」と答えが返ってきた。彼は立ったままビールを飲む。

「うちの親父も、心筋梗塞《しんきんこうそく》で倒れたじゃないか。いまも病院通いで、店の仕事はまるでできないんだけど、口だけは達者でさ、ああだこうだとうるさいよ」

「お店のこと？」訊くと、うなずいた。「息子のやることが気にくわないのさ。年をとるほど、意固地になってくるな。まして、ペギーのじいさんは、78だろう。仕入れて5日もたった鯖《さば》みたいなもんだな」

「それって？」と、わたし。「煮ても焼いても食えない」と勇一郎。わたしたちの笑い声が店に響いた。

「それはそれとして、ペギーは爺《じい》さんのためにも、次の居酒屋対決にも勝たなきゃならないな……。爺さんは、テレビで孫の顔を見るのを楽しみにしてるわけだから」と勇一郎が言った。わたしは、はっきりとうなずいた。

ハワイの母に宛てた手紙とディスクは、間もなく届くだろう。けれど、わたしには目の前に、やらなければならないことが待っている。もちろんテレビの居酒屋対決だ。対決する相手は、鶏か牛の内臓を使った料理でくるだろう。そこで、こっちは、さっぱりしたマグロの赤身で勝負することにしていた。とはいうものの、平凡なポキではつまらない。対決でも勝てないだろう。さて、どうするか……。わたしは、深夜の店内で、いろいろと試作を続けていた。

「どうした」と勇一郎。店に入ってくるなり言った。昼過ぎ。店のカウンターに頬をつけ居眠りしていたわたしは、目を覚ます。顔を上げた。

テレビ対決は、明日に迫っていた。けれど、この2、3日、店は思い切り繁盛していた。立ち飲みするお客までいる状況だった。昼頃からは肴《さかな》の仕込みをはじめ、夜中まで営業していた。当然、わたしの疲労はたまっていた。仕込みをしている最中、店のカウンターで居眠りをしていたのだ。

「ばててるんだな」と勇一郎。わたしは、うなずき、のろのろと立ち上がった。体がふらつく。「おい、大丈夫かよ」と勇一郎。わたしの体をささえてくれた。

「ウナギ？」わたしは訊《き》き返した。勇一郎は、うなずいた。「ばてたときには、やっぱりウナギだろう」と言った。

わたしは心の中でうなずいていた。わたしの知る限り、ホノルルに本格的なウナギ屋はない。けれど、わたしがずっとバイトをしていた日本料理店のメニューには、ウナギがのっていた。ウナギを上手にさばける板前さんもいた。わたしも、ときどき食べさせてもらった。ウナギは日本から空輸するので、ときたま、特別な日に限られていたけど……。日本では、暑さが厳しくなるとウナギを食べる習慣があるのも、教わった。日本にきてからも、2年間で3、4回はウナギ屋さんにいったことはある。

「蒲焼《かばや》きは嫌いか？」

「大好きよ」

「じゃ、食いにいこう」と勇一郎。近くに、昔からやってるウナギ屋があるという。わざわざ遠くから食べにくるお客もいるぐらいの店らしい。わたしは、うなずいた。

そして、

「今日はわたしのおごりよ。いきましょう」と言った。

このところ、店の売上げは、大変なものだ。かつて閑古鳥が鳴いてた頃の、1ヵ月の売上げが、いまは1日の売上げになっている。わたしは、レジからお金を出す。奥でテレビを観てる中鴨さんに、「ちょっとお昼を食べてくる」と言って店を出た。

「明日の対決のメニューを考えてるのか？」歩きはじめたところで、勇一郎が言った。わたしは、うなずく。相手が、こってりした肴を出してくるだろうから、こちらはマグロの赤身を使ったポキで勝負したい。けれど、中華風や韓国風だと、かなり濃厚な味つけになってしまう。やはり、爽《さわ》やかな味にしたい。となるとエスニック風が一番近いかもしれない。けれど、いわゆるエスニック料理は、東京の街中にあふれている。あまり新鮮さは感じられないかも……。

「じゃ、どんな味つけのポキにするのか……それがわからなくて……」わたしは、つぶやいた。醬油《しょうゆ》を味つけのベースにすることは決めてある。けれど、それプラスどんな材料を使うか、わたしは決めかねていた。何を使えば、口の中に爽やかな風が吹き抜けるような一品になるのか、それがまだ見つかっていない。そこまで話すと、

「あまり思いつめるなよ」と勇一郎。わたしの肩を軽く叩《たた》いた。いく手に、ウナギ屋らしい風格のある店が見えてきた。店に入ると、おかみさんらしい人が「あら、勇ちゃん、久しぶり」と言った。昼食時を過ぎているので、店はすいていた。

「美味《おい》しい……」わたしは思わずつぶやいていた。ウナ重を食べはじめたところだった。出てきたウナギは、ふっくらと柔らかく、割り箸《ばし》がすっと通る。脂はのっているが、脂っこくはない。遠くから食べにくるお客がいるのもわかる。これまでの人生で一番美味しいウナギだった。わたしは、勇一郎と向かい合い、無言でウナギを食べていた。

そろそろウナ重を食べ終わろうとしたときだった。割り箸を動かしている手が、ふと止まった。胸の中で、〈そうか……〉と、つぶやいていた。〈そうかもしれない……〉とも、つぶやいていた。箸を止めているわたしを勇一郎が見た。不思議そうな顔をしている。

20　キモ屋の失敗

テレビ対決2戦目の収録は、前回と同じ火曜日だ。わたしは、仕方なくお店を臨時休業にした。

第1戦がオンエアーされてから、店は爆発的な繁盛をしている。けれど、テレビ対決を収録する日は、とても仕込みも営業もできない。そこで、4日前から当日の臨時休業を知らせる貼り紙をしてあった。

午後3時少し前。わたしは勇一郎の軽トラでテレビ局に着いた。3時ちょうどには、スタジオに入った。厨房《ちゅうぼう》のセッティングも、収録の予定時間も、すべて先週の第1戦と同じだった。

対戦相手になる〈キモ屋〉の方は、食材をすでに持ち込んでいるようだった。何人かのスタッフが、忙しそうに動き回っている。その中心に、一人の男性がいた。三十代前半と思える男だった。体が大きく、髪は角刈りにしている。眉《まゆ》が濃い。太い声でスタッフに指示しているところを見ると、どうやらキモ屋の店主らしい。

わたしは、キモ屋のホームページを思い起こしていた。そこには、店主の自己紹介があった。名前は忘れたが、十代から焼き鳥屋の下働きとしてこの世界に入ったという。修業を積み、5年前にこのキモ屋を開店したらしい。いわゆる〈叩き上げ〉の店主なのだろう。

その店主は、太い声でスタッフに指示している。ふと、その指示をやめ、わたしの方を見た。そして、「よお、ネエちゃん」と言った。

「ネエちゃん?」わたしは、彼の方を見た。そして微笑し、「あなたみたいな、むさ苦しい弟を持った覚えはないけど?」と言ってやった。相手の表情が変わった。顔が紅潮している。

「言わせておけば、この小娘が」と憎々しげに言った。わたしと向かい合う。

「だいたいなあ、居酒屋ってのは男の仕事場なんだ。お前みたいな金髪に染めた小娘

がチャラチャラとやる仕事じゃねえんだよ」と言った。わたしは腕組み。そして微笑し、

「あなたのセリフには、2つ大きな間違いがあるわ。居酒屋が男の仕事場なんて、誰が決めたの？ 憲法で決まってるわけ？ いまどきそんなこと言ってるバカタレは、あんただけよ。で、間違い、その2。わたしの金髪は、染めたんじゃなくて生まれつきよ。残念でした」と言った。相手は、脳天から噴火しそうな顔をしている。いまにも殴りかかってきそうな勢いだ。そこへ、ADがやってきた。

「本番収録まで15分です！」と言った。

スタートのゴングが鳴った。先週と同じように、闘いがはじまった。わたしは、マグロの赤身を、2センチ角ぐらいに切って、醤油につけた。つくりはじめて完成まで20分。ちょうどいい時間だろう。

そして、わたしは擂《す》り鉢《ばち》を前にした。香辛料を擂りつぶしはじめた。より香りが立ちのぼるように、力を込め、擂りつぶしていく。隣りの厨房では、店主と3人のスタッフが、てんてこまいで動いている様子だ。スタッフをどなりつけている店主の声が

きこえる。

そして、終了のゴングが鳴った。わたしも対戦相手も、ちょうど用意を終えたところだった。司会の男性アナが、声をはり上げる。

「さあ、両店ともに酒肴《しゅこう》の準備がととのったようです。いよいよ審査に入ろうと思います。では、青コーナー、〈キモ屋〉の方からお願いします」と言った。

キモ屋の店主が、皿にのせた肴とグラスを、それぞれの審査員の前に置いた。肴は、どうやらレバーを使ったものらしかった。そして、お酒はウイスキーのオン・ザ・ロックのようだ。

3人の審査員は、そのレバー料理を口にする。〈グルメ俳優〉は、大きくうなずきながらレバー料理を口にしている。そして、グラスに口をつけている。ほかの2人の審査員も、うなずきながらレバーを口にし、グラスを口に運んでいる。それが一段落。

「では、この酒肴を用意された〈キモ屋〉の近藤浩さんに、解説をしていただきましょう」と司会の女性アナ。近藤浩というキモ屋の店主にマイクを向けた。近藤は太い声で話しはじめる。

「この一品は、ごらんの通りレバーです。普通、レバーを料理するとき、血抜きをします。が、うちの店では、この抜いた血を使って独自のソースを作っています」と言った。確かに、レバー料理には、濃い色をしたソースがかかっている。

「この、血を使ったソースを、こんがりと焼いたレバーにかけたのが、今回の一品です。肴の方が強い味なので、お酒もそれに負けないように、バーボンのオン・ザ・ロックにしました」とキモ屋の店主は言った。

「……なるほど、この濃厚な旨《うま》さは、レバーの血を使ったものだったのか」と〈グルメ俳優〉が言った。ほかの2人も、うなずいている。相手方は、かなりの点数を稼《かせ》いだようだ。

「では、ディフェンディング・チャンピオン、赤コーナーの居酒屋〈休〉さん、作られた酒肴をお願いします」と司会者。

わたしは、ガラスの皿に盛ったポキとストレートグラスを審査員たちの前に置いた。

「ほう、マグロか」と俳優。箸を持つ。ポキを口に運んだ。ほかの2人も、ポキを口に運び噛《か》みしめている。そして、ストレートグラスを口に運んでいる。

「これはこれでいいなあ」と俳優が言った。編集長も、居酒屋評論家も、うなずいている。女性アナが、わたしにマイクを向けた。「では、今回の酒肴について、〈休〉のペギーさんに解説していただきましょう」と言った。わたしは、マイクを受け取り、「このマグロ料理は、ハワイではポキと呼ばれている伝統料理を自分流にアレンジしたものです。基本的には、マグロの赤身を醤油《しょうゆ》に漬け、それに、さらに味つけをしました。飲み物は、それに合うように、さっぱりとした焼酎《しょうちゅう》の水割り、そこにライムを絞ってみました」と言った。審査員の3人は、それぞれにうなずいている。編集長が、わたしを見た。

「このマグロを使った一品、口の中を風が吹き抜けていくような爽《さわ》やかさを感じるんですが、何を味つけに使っているんですか？」と訊《き》いた。わたしは微笑する。

「使っているのは黒コショウ、それと、山椒《さんしょう》の実を擂《す》りつぶしたものです」と答えた。

山椒を使う……それは、ついこの前、勇一郎とウナギを食べにいったときに発想したものだった。ウナギの蒲焼《かばや》きに山椒をふりかけているとき、その香りを嗅《か》いでハッと気づいた。濃厚なキモ料理に対抗するため、清涼感のあるポキをつくる、そのヒントをここで見つけたと思ったのだ。

「そうだったんですね……。この爽やかさは、山椒の実を使ったものだったんですね……」と編集長は言った。大きく、うなずいている。

「では、勝負が決するときです！　審査員の方々、用意はよろしいですか？」と司会者。声をはり上げる。審査員3人の表情が、少し引き締まった。

「では、〈キモ屋〉の酒肴に軍配を上げる方は青のプレートを、〈休〉の酒肴に軍配を上げる方は、赤のプレートをお上げください」と、女性アナ。「どうぞ！」と言った。

まず、グルメ俳優が青のプレートに手をかけた。それを、ゆっくりと上げた。キモ屋に1票入った！　つぎに手を動かしたのは、編集長だった。赤のプレートを手にする。ゆっくりと上げた。これで、1対1！　同点だ。居酒屋評論家の票で勝負が決まる。

その居酒屋評論家は、腕組みして何か考えている。1秒……2秒……3秒……4秒……。やがて、手を動かした。手にとったのは、赤のプレートだった！

頭上で赤のクス玉が割れた。金色の紙吹雪が、わたしの上に降ってきた。キモ屋の店主は、口を半開きにして、かたまっている。

「この勝負、ディフェンディング・チャンピオン、居酒屋〈休〉、ペギーさんの勝利となりました。では、ペギーさんに票を入れたお2人に、感想と理由をおききしましょう」と司会者が言った。まず、編集長が口を開いた。

「今回も、それぞれ、いい酒肴が用意されたと思います。ただ、〈キモ屋〉さんのレバー料理は、説明とは少し違いオリジナリティーに欠けたかなと思います。食材の血を使ってソースを作るというのは、世界的な有名店のレシピです。それに比べ、マグロの赤身に山椒を合わせたペギーさんの一品には、こちらをはっとさせるものがありました」と編集長。「それと、ちょっとした感想なんですが、〈キモ屋〉さんの酒肴を口にしたら、口の中がネバネバした感じがしましたね」と編集長。少し苦笑しながら言った。

それをきいて、居酒屋評論家が、大きくうなずいた。「そう、そこなんだよ」と言った。ひと息つく。「私は、今回、あらためて気づいたことがあってね」と言った。

21　ボツの山

　居酒屋評論家の表情が、いつもより真面目《まじめ》になっていた。少しひょうきんな印象だったその表情が、いまは変わっている。言葉を選びながらという感じで、話しはじめた。

「今回、対決する両方の酒肴を口にして、あらためて気になったことがあるんです。それは、私にとって、居酒屋ってなんだということなんですね……」と評論家。スタジオ中が静まり返って彼の話をきいている。

「私にとって居酒屋ってなんだと考えると、思いっきりくつろいで仲間と飲み食いできる場所だとあらためて認識しました。2時間でも3時間でも、たとえそれ以上でも、気楽な話をしていられるのが、居酒屋本来の姿だと思うんです。言いかえれば、いくらでも長《なが》っ尻《ちり》していられるのが居酒屋の良さだと思うんです。その点からすると、〈キモ屋〉さんの酒肴《しゅこう》は、濃厚過ぎて、これで気楽に話しながら長時間飲んでいられるかというと辛《つら》いところがある。比べて、ペギーさんの酒肴なら、いくらでも飲んでしゃべっていられそうな気がするんですね。この爽やかな酒と肴《さかな》なら、4時間でも5時間でも飲んで話がはずみそうですね。その点で、居酒屋本来の姿に近いと考えてペギーさんに票を入れました」

と評論家が言うと、俳優も編集長もうなずいた。

「そうか、その点は考えなかったなあ……」とグルメ俳優。

「そう……、よりにぎやかにお客たちの会話をはずませるものが、居酒屋に似つかわしい酒肴ということなんでしょうね」と編集長が言った。

「えっ、おりる？」とプロデューサーの竹田。わたしに訊き返した。対決の収録が終わった30分後だった。

「おりるって……番組をおりるってことか？」と竹田。わたしは、うなずいた。「ちょっと待って、ゆっくりと話をしよう」と竹田。あわてた顔つき。わたしをスタジオの片隅に引っぱっていった。

「いったい、どうして、おりるなんて……」竹田が言った。わたしは、しばらく考える。事実を言っていいかどうか考えた。けれど、その話をしないと、竹田を説得できないだろう。わたしは、口を開いた。

今日の勝負がついて、番組の収録が終わった。その直後だった。キモ屋の店主、近藤浩が、わたしを睨《にら》みつけた。そして、吐き捨てるように言った。

〈てめえ、金髪のねえちゃんだってことをうまく利用して、審査員にとり入りやがって〉と言った。〈とり入った？〉わたしが言うと、〈そうさ。金髪娘だっていう珍しさで審査員を騙《だま》しやがってよ〉と吐き捨てた。わたしに背を向けた。

そして、対決がはじまる前には、〈居酒屋は男の仕事だ。お前みたいな金髪に染めた小娘がチャラチャラやる仕事じゃないんだ〉というセリフも吐かれた。そのことも竹田に言った。

さらに、先週の対決第1戦。神倉亭の店主が、わたしの居酒屋にきて、〈金髪娘がカウンターの中にいることが日本の居酒屋文化に泥を塗ってる〉とほざいたこと。対決本番の日、神倉亭のスタッフが、わたしの塩辛を盗んだこと。

そんな一連の出来事を、つとめて冷静に竹田に話した。うなずきながらきいていた竹田は、「そんなことがあったのか……」と、つぶやいた。腕組みし「どの店も、勝ちたくて必死だからなあ」と言った。

「でも、わたしはもううんざりしちゃって……。これからも、同じようなことがくり返されると思うと、気が重くて」と言った。当然、テレビを観てくれている祖父母のことは頭にあった。それでも、うんざりした気持ちは押さえられなかった。「正直言って、もういいやって気分なんで……」と、つけ加えた。

わたしがそう言ったときだった。「ちょっと失礼」という声がした。ふり向くと、審査員の編集長が立っていた。微笑しながら、

「盗みぎきしたわけじゃないんだけど、通りがかったらたまたま話がきこえちゃって」と言った。そして、まっすぐにわたしを見た。「よかったら、ちょっとつき合ってくれない？　一杯おごるわよ」と言った。

「つき合う？」と訊《き》くと、編集長はにっこり笑って、「あなたに見せたいものがあるから」と言った。

わたしは、少し考えた。今日、これからの予定はない。〈見せたいものがある〉という編集長の言葉が、かなり気になった。わたしは、ゆっくりと、うなずいた。

その10分後。編集長とわたしはタクシーに乗っていた。ひさびさに晴れた東京の街を走る。タクシーは、どうやらお茶の水方面に向かっていた。明治大学の前を通る。JRお茶の水駅のそばで左折。細めの道路を30メートルぐらい進んで編集長がタクシーを停めた。

五階建てのビルがあった。編集長は、一階のガラス扉を開けて入った。「この三階に、うちの編集部があるの」と言った。わたしたちは、エレベーターに乗る。三階に上がった。

編集部といっても、受付があるわけではない。〈マガジン・ファクトリー〉と小さめの文字がガラス扉に表示されていた。編集長は、その扉を開けて入る。中は、そこそこの広さがありそうだった。けれど、白いパーテーションで区切られている。その間の通路を歩いていく。若い女性とすれちがう。社員らしい彼女は、笑顔を見せ編集長に「お帰りなさい」と言った。

編集長は、通路を突き当たりまでいく。左に曲がる。そこにある扉のドアノブに手をかけた。ドアを開ける。そこは、資料室のようだった。スチールの棚があり、いかにも資料のようなファイルがずらりと並んでいる。その部屋の一番奥。四段になったスチールの棚があった。薄いブルーのファイル・フォルダーが、ぎっしりと並んでいた。フォルダーは、100冊ぐらいありそうだった。編集長は、その前に立つ。そして、わたしにふり向いた。

「これはね、ボツになった企画書なの」と言った。

「ボツ……」と、わたし。「そう。私が編集長になる前、提出したもののボツになった居酒屋雑誌の企画案なの。早い話、ボツの山ね」と編集長は言った。わたしは、あらためてその棚を見た。すき間なく並んでいるそのファイルは、100どころではなく、その倍はあるかもしれない。わたしは、それを無言で見つめていた。

「松野でいいわよ」と編集長。ビールのグラスを手にして言った。彼女の苗字は、松野という。

わたしと松野さんは、編集部から歩いて5、6分のところにある焼き鳥屋にいた。

小ざっぱりした店内。夕方なので、まだ、ほかのお客はいない。わたしたちは、とりあえず生ビールを注文した。

「私は、あの雑誌社に入って、ずっと旅行雑誌の編集部にいたの」と松野さん。「主に若い女性をターゲットにした国内旅行の雑誌をつくってたわ。毎週のように、あちこち取材でまわってたの」と言った。ツクネをひと口。ビールを飲んだ。

「で、あれは7、8年前ね。世の中で、居酒屋がブームになりはじめたの。そこで……」

「居酒屋の雑誌をつくろうと？」と、わたし。ネギマに手をのばしながら訊いた。松野さんは、うなずいた。

「私が、旅行雑誌の取材で日本中を廻ってたから、会社としてはその意味で役に立つかと思って、その編集部に異動になったのね。私以外、5人の編集部員はみんな男性だったわ」

「そこで、大変だった？」

「そう……。居酒屋がブームになりかけたといっても、当時のイメージとしては、お客はほとんど中年の男性って感じだった。でも、取材で全国を廻ってた私は、居酒屋やバルでも、雰囲気のいい店には女性客も増えてきはじめていることに気づきはじめてたの。男女含めてのグループだったり、カップルだったり、彼氏といった店が気に入って、つぎに女同士でいったり、そんなケースが確実に増えていること、そして、これからもっと増えていくことに確信めいたものを持ちはじめてたわ」

「それで、企画を？」

「そうね。女性も気にするような記事や特集をやろうという企画を、毎月のように出したわ」

「それが、ボツ？」わたしが言うと、松野さんは苦笑しながらビールを飲んだ。飲み干すと、二杯目を注文した。

「企画は、出しても出してもボツ。〈女性客向けの特集？　なんだそれ？〉って鼻で笑われたわ。そのボツの山が、あの資料室にあったファイルよ」

「それでも、めげなかった……」わたしが言うと、松野さんは、うなずいた。「ここで引き下がったら自分の編集者人生はダメだと思って、歯をくいしばって頑張ったわ。2年、3年、4年と……。そうしているうちに、チャンスがめぐってきたの」松野さんは言った。

22　風に向かって立つ

「チャンス……」

「そう。当時の編集長は酒好きで、それもあって居酒屋雑誌の編集長になったんだけど、それがわざわいして肝臓《かんぞう》をこわしちゃって、しばらく休職することになったの。新しく編集長になった人は、少しは女性編集者の話をきく人だった。かなり年配だったんで、人間が丸くなってたのかもしれない。そこで、私はこりずに、女性を意識した記事の企画を出したわ」

「……それが、通った？」

「渋々だけどね」と松野さん。「というのも、その頃、雑誌の売れゆきが伸び悩んでたの。おまけに、他社からも居酒屋の雑誌やガイドブックが出はじめてきたし、うちにしてみればまずい状況になってたの。そこで、目先を変えようと、渋々、私の企画を通したわけなんだけど……」

「当たった？」訊《き》くと、松野さんは白い歯を見せた。「私が企画した記事を載《の》せた号は、いつもより20パーセント多く売れたわ」と言った。生ビールに口をつけた。

「そこで、私は、勝負に出たの。4ヵ月後、女性読者に向けた特集をメインにした号を発売するっていう提案をしたわ。で、この号が失敗して、もし売れなかったら、私は退職するという条件をつけてね」

「退職……」わたしは、つぶやいた。

「そう。いわば、背水の陣なわけだけど、自分の提案がことごとくはね返されるような編集部には、これ以上いたくないっていう思いも強かったわ。で、勝負に出たの」

「で……」と、わたし。松野さんは、一瞬、過ぎた日を思い出すような目をした。そして、「それからの3ヵ月、私は死にものぐるいで仕事をしたわね。一生の中で、これ以上働いたことはないっていうぐらい……。その3ヵ月で5キロ痩《や》せたわ。最後は、毎日、胃が痛かった。で、なんとか、その特集号は発売されたわ」

「爆発的に売れたわ。この雑誌が発刊して以来、初めて増刷をすることになって、3ヵ月にわたって売れ続けたの。女性たちも居酒屋にいくっていう事実を、編集部の連中もやっと気づいたみたい」

「……結果は？」

「で、退職しないですんだ……」と言うと、松野さんは微笑した。「退職どころか、副編集長にされたわ」と言った。「そうなると、私の企画も、どんどん通るようになって、雑誌の売上げも、右肩上がりが続いてる。居酒屋やバルがあい変わらず人気だってこともそのベースにあると思うんだけどね……」と松野さん。

「2年半前に、編集長が定年退職して、私が自動的に編集長になったわ」

「サクセスストーリー？」わたしが言うと、松野さんは苦笑い。「サクセスストーリーっていうかっこいいものじゃなく、奮闘記ね」と言った。

わたしたちの前に、新しくレモンサワーと、焼き鳥の串《くし》が数本出てきた。松野さんは、サワーに口をつける。

「今回の居酒屋対決であなたを見ていて、すごく感じたことがあるの」と口を開いた。

わたしは、彼女の横顔を見た。

「ハワイ育ちでブロンドのハーフ。そんなあなたが、居酒屋で頑張ってる姿を見ていると、なんか、3年前の自分を見ているように感じたわ」

「……男性社会の中で、もがいてる？」

「そうも言えるし、きつい向かい風の中で、凜《りん》として立っているようにも見えるわ。特に、さっきスタジオの隅で話を立ちぎきしてしまってからはね……」松野さんは言った。

「居酒屋が男の仕事場だなんて、誰も決めてないのに、そういう片寄った考えを持つ人も多いわ。私は、数限りなく居酒屋を取材してきて、そう感じるの。しかも、あなたは若くて美人なのに、それを売り物にしていない。今日の対戦相手の〈キモ屋〉さんが、あなたに〈金髪娘だという珍しさを利用している〉と言ったらしいけど、その非難は、まったく違ってるのにね」

と松野さん。わたしは彼女を見た。

「実は、3日前、あなたの店に、うちの男性編集者をいかせたの。フリーのお客としてね。その彼から感想をきいたわ。あなたの仕事ぶりをくわしく聞いたの。彼が言ってたわ。〈男前の美人〉だって」

わたしは、飲みかけのレモンサワーを吹き出しそうになった。「男前は、ちょっと……」

「でも、それは最高の誉《ほ》め言葉だと思うわ」と松野さん。白い歯を見せて言った。わたしは、照れかくしに、ツクネを手にしてかじった。サワーをひと口。

「あなたのような娘《こ》が居酒屋を仕切っていたら、ときには風当たりがきついことがあるかもしれない。でも、そんなことにひるんじゃダメよ」と松野さん。

「……じゃ、そのことを伝えたくて、あのボツになった企画書をわたしに見せた？」訊くと、彼女はうなずいた。

「21世紀のいまでも、女が自分のやりたいことを実現しようとしたら、ときには逆風にさらされるのは仕方がないわ。でも、そこでひるんじゃ何も変わっていかないと思う。逆風をエネルギーに変えるぐらいの気持ちを持ってほしいの」

「……つまり、わたしに、あの居酒屋対決からおりるなと？」わたしは訊いた。松野さんは、2、3秒考える。

「ずっと、対決していると言うのは、さすがに無茶ね。でも、せめてあと1回ぐらいは、あなたが出す肴《さかな》とお酒を楽しみたいものね」と言った。「……あと1回……」つぶやくと、松野さんは、うなずいた。「最低、あと1回はね」と言った。きょう最後らしい陽射しが店の窓から射し込んでいた。グラスの中の氷が、夕陽をうけて光っていた。


翌日。午後2時。店で仕込みをしていると、スマホに電話の着信。プロデューサーの竹田だった。「きのうは、お疲れさま」と竹田。「どうも」と、わたし。

「実は、今朝、審査員の松野編集長から電話があってね。君について、いろいろと話したよ。その後、編成局内でミーティングをしたんだ。その結論を知らせようと思うんだけど、いいかな？」

「ええ……」わたしは、使っていたコンロの火を止めた。

「君が、テレビでの対決をもうやめたいという気持ちは、よくわかるよ。ただ、この居酒屋対決がはじまって以来、君の存在はとても大きいんだ。これはお世辞《せじ》じゃなく、視聴率にもあらわれているしね」と竹田。「そこで、編成局内でミーティングして、こういうのはどうだろうという案が出たんだけどね」

「案？」

「ああ。この居酒屋対決の決まりとして、3回連続して勝負に勝ったら、その店は〈居酒屋レジェンド〉として、殿堂入りみたいなあつかいにするという案なんだ」

「レジェンド……」

「そういうこと。この次の対決で、もし君が勝ったら、〈初代レジェンド〉になる。そして、つぎからは新しい店同士の対決がはじまる。やがて、〈第二代居酒屋レジェンド〉が出るかもしれない。そうやって、番組を続けていこうというプランなんだ」

「じゃ、もし〈初代レジェンド〉になったら、もうテレビで対決しなくていいわけ？」わたしは訊いた。

「まあ、とりあえず、そういうことになるね。いずれは、レジェンド同士の戦いなんて企画になるかもしれないけど、とりあえず、君の店は殿堂入りというあつかいになるわけだ。悪い話じゃないと思うよ。1つの店が勝ち続けたら、視聴者も飽きるだろう。そして、出場する居酒屋の方も、3回連勝してレジェンドになる名誉を欲しがって力が入るだろう。私たちスタッフが頭をひねった案なんだが、どうだろう」竹田は言った。わたしは、しばらく考えた。

「この次で対決をやめていいんなら、それで……」とつぶやいた。「じゃ、その方向で次の対決を予定していいね？」と竹田。わたしは、うなずいた。

「イタリア人？」わたしは訊《き》き返していた。次に対決する相手は、イタリア人だと竹田が言ったのだ。「じゃ、いわゆるバル？」と、わたし。

「ああ、日本在住20年のレオーネというイタリア人の店主が、中目黒に〈ポルトフィーノ〉というバルを経営してるんだ。次の対戦相手は、その〈ポルトフィーノ〉になる。バルだから当然洋風の酒肴《しゅこう》になるだろう。そこを頭に入れて頑張ってもらいたいんだ」

竹田は言った。わたしは、少し考えた。そして、〈まあ、なんとかなるだろう〉と思った。たとえ負けても、それはそれで仕方ないかなと腹をくくった。ベストをつくしてみるだけだ。

わたしは竹田にオーケイと返事をし、電話を切った。店の仕込みを、また、はじめた。そこで、ふと手を止めた。中目黒の〈ポルトフィーノ〉という店名にきき覚えがあるような気がする。

あ、そうか……。15分ほどして、わたしはつぶやいた。たぶん間違いない。中目黒の〈ポルトフィーノ〉。それは、あの道久と1、2回いったことのある店だった。あまり詳しくは覚えていないけれど、わりと落ち着いた店だった気がする。道久が選ぶぐらいだから、美味《おい》しかったと思う。

わたしは、スマホを手にする。道久にラインで〈久しぶり〉からはじまるメッセージを送った。

23　あの日、君は青いカーディガンを着ていた

前置きの挨拶を送ったあと、〈中目黒にあるポルトフィーノって店、いったことあるわよね〉と送った。

しばらくして返信がきた。〈ポルトフィーノは、ペギーと2回いったことがあるよ。確か12月と4月だったたな〉と道久。わたしは〈よく覚えてるわね〉と送った。

すぐに〈覚えてるよ。12月の中旬にいったとき、ペギーは青いカシミアのカーディガンを着ていた。4月はじめは、春らしくピンクのブラウスを着ていた〉と送ってきた。

わたしは、しばらくそのメッセージを眺めていた。

やがて、〈実は、居酒屋対決で、この次、そのポルトフィーノと当たることになっ

たの〉と送った。1分ほどして、〈それは手強《てごわ》いな。あそこは、東京にあるバルの中でも、相当にレベルの高い店だよ〉と返信がきた。〈どんなものを出すんだっけ？〉と送ると、〈店のオーナーはイタリア人らしいけど、出すものはいわゆるイタリアンじゃないね。ピッツァやパスタはなくて、どっちかというとフランス料理っぽいかな。とにかく、何を食べても美味しいよ。ワインの品揃えも豊富だし、いい店だと思う。だから、テレビでの対決では、かなり用心した方がいいよ〉と道久。わたしは、とりあえず、〈ありがとう〉とメッセージを返した。

わたしは、道久からのメッセージをじっと見ていた。ポルトフィーノにいったとき、わたしが何を着ていたか覚えていた……。何事にもスマートで、たぶん、もてないはずはない。そんな彼が、何ヵ月も前に会ったときのわたしのスタイルを覚えていた……。それは、彼にとってわたしが特別な存在だということだろうか……。

そうかもしれないし、わたしの思い込みかもしれない。なんとも、わからない。いまは、それ以上考えるのをやめた。わたしは、まな板の上で包丁を使いはじめた。

午後4時過ぎ。作ったキンピラゴボウを大皿に盛った。するとスマホに着信。ハワイにいる母からラインだった。

〈ペギーへ。テレビ番組を録画したDVDと手紙が着きました。驚いたけど、あなた自身が選んだ仕事なら、それでいいんじゃない？　何より元気そうでよかった〉

というメッセージ。わたしは時計を見た。いま午後4時12分。ハワイは夜の9時過ぎだ。母は、仕事を終え、家に戻っているのだろう。

〈ママへ。メッセージ、ありがとう。居酒屋の仕事は、ときどき辛《つら》いこともあるけど、いまは楽しくやってるわ〉と返信した。

しばらくして〈それはいい事ね。覚えているかどうかわからないけど、ワイキキの料理店でアルバイトしているときのペギーは、生き生きしていたわよ。誰かのためにお料理するのが性に合っているのかもしれないわね〉と母。

わたしたちは、しばらく他愛ないラインのやりとりをした。そして、わたしは、腹をくくって、メッセージを送った。

〈またまた驚かせて悪いんだけど……〉という言葉ではじめた。

居酒屋の魚の仕入れで、鎌倉の腰越にいった。そのとき、祖父母の家を見にいった。

たまたま家から出てきた祖父母の姿をちらっと見かけたことを伝えた。

その後、祖母と手紙や電話のやりとりをするようになったことも知らせ、〈ママに無断でそんな事をして、怒ったらごめん。でも、ママが育った家を見てみたかったし……〉とメッセージを送った。

しばらくして、〈そう……。父と母はどんなだった？〉と返信がきた。〈ちらっと見ただけだけど、かなり老けてた。特におじいさんが〉と送った。〈まあ、年も年だし、そうかもしれないわね〉と母。そこで、わたしはひと呼吸……。〈どうやら、おじいさん、体の具合があまり良くないらしいの〉と送った。〈体の具合が？〉と母。

わたしは言葉を選びながら話しはじめた。祖父が、2年前に胃癌の手術をして胃の半分を摘出したこと。最近になって、腎臓《じんぞう》に癌が転移しているのがわかったことも説明した。〈腎臓に転移？　それで？〉と母。わたしは、医師から、もってあと半年だと言われたと正直に書いた。

〈あと半年……〉と母。わたしは、〈どうやら……〉と返信した。そして、〈思い切って書くけど、ママ、おじいさんやおばあさんに会う気はない？〉とメッセージを送った。送って20分ほど、返信はなかった。わたしは思い描いていた。ホノルル郊外にあるささやかな家。庭にプルメリアの樹がある小さな家……。そのキッチンでスマホを前にじっと考えているかもしれない母の姿を想像していた。

20分ぐらいすると返信がきた。〈父や母は、私に会いたがっているの？〉というメッセージ。〈おばあさんは、ママにもわたしにも会いたがってるわ。でも、正直言っておじいさんはわからない。頑固さはあい変わらずみたいだから〉と、わたしは正直に返信した。10分ほどして、

〈しばらく考えさせて。もし、そっちにいくとなったら仕事も休まなきゃならないし〉と母。わたしは〈ＯＫ。返事待ってる〉と送った。

「キザな野郎だな」と勇一郎。スマホの画面を見て言った。

翌日の昼頃だった。わたしは、次にテレビで対決する店〈ポルトフィーノ〉のホームページを開いてみた。洒落《しゃれ》た店の外観があり、〈オーナー・シェフ〉のところを開くと、彼が出てきた。〈ジャンニ・レオーネ〉という名前。そして、写真。四十代の後半に見える。イタリア人らしく、ウェーブした髪を後ろにべったりとなでつけてい

る。少し甘ったるい微笑を浮かべている。それを見た勇一郎が、〈キザな野郎だな〉と言ったのだ。わたしも笑い声を上げてしまった。

そのレオーネの経歴も簡単に紹介されている。地中海に面した港町、ポルトフィーノ生まれ。21歳までイタリアンの店で仕事をし、その後、パリに移り住む。フレンチの店で修業をし、28歳で来日。現在の店を開く。

イタリアンの基本を覚え、その後、フレンチの修業をしたらしい。

〈メニュー〉のところを開くと、店で出している料理が写真入りで出ている。わたしは、それを一品ずつ眺めていく。メニュー全体をごく簡単に言えば、フランス料理を小皿盛りにして、何品も楽しめるようにしてある。ワインも、フランス産、イタリア産、スペイン産など、豊富に揃えていた。

「それってマグロ？」わたしは、〈ポルトフィーノ〉のホームページを閉じると勇一郎に訊《き》いた。5分ほど前から、勇一郎はかなり大きな魚をカウンターの中でさばいていた。カツオよりふた回り大きな魚だ。7、8キロはあるだろう。一見して、マグロ。けれど、ハワイのAHI《アヒ》（キハダマグロ）とは少し違う。

「こいつは、メジマグロっていって、いわゆる本マグロの子供なんだ。この季節に、こんなサイズのが獲《と》れるのは珍しいから仕入れてきた」と勇一郎。大きめの出刃包丁で、マグロの頭を落とす。力を込めて、メジマグロをさばいていく。野球を本格的にやっていたというだけあって、勇一郎の腕や手は逞《たくま》しい。その手が、手ぎわよく魚をさばいていく。そのさまに、わたしはしばらく見とれていた。

勇一郎は、出刃包丁で魚を骨ごとバキッと切った。その額に汗が浮かんでいる。彼は、ひと息つく。わたしに苦笑いしてみせた。「ちょっとしたスポーツだな」と言った。

その夜、腰越の祖母から電話がきた。

「きのう、テレビを観たわよ。もちろん、おじいさんも一緒にね」と祖母。「おじいさんったら、番組のはじまる15分も前からテレビの前にいて、はじまるのを待ってたわ」と言った。さらに、

「あなたが対決で勝ったんで、珍しく上機嫌だったわ。また、かなり遅くまで起きていて、寝しなに、珍しく日本酒を一杯飲んでたわね」と言った。

やはり、テレビに出ていたのは良かったと、わたしはあらためて思った。そこで、テレビでの居酒屋対決は、次で最後になることを祖母に説明した。

「わかったわ。おじいさんにも知らせておくわね。その、殿堂入りができるように頑張って」と祖母。わたしは、「頑張ります」と答えた。

「なんなの、これ……」わたしは思わずつぶやいていた。目の前にいるプロデューサーの竹田は、「簡単に言えば、君のことをひどくけなしてるブログさ」と言った。

24　ミスター具留米《ぐるめ》

イタリア人とのテレビ対決まで、あと3日。昼過ぎの店で、わたしが対決で出す酒《しゅ》肴《こう》を考えているときだった。竹田が一人で店に入ってきた。微笑しながらカウンター席に座る。「準備はどう？」と言った。「まあまあ」と、わたしは答えた。竹田は、うなずく。

「ところで、君に見せといた方がいいと思って、こいつを持ってきた」と言った。何枚かのプリントアウト用紙をクリップでまとめたものを差し出した。わたしは、それを手にとった。どうやら、何かのブログをプリントアウトしたものらしかった。

《具留米《ぐるめ》サロン》というタイトル。そして、《美味探求への限りなき道程《みちのり》》という、もったいぶったサブタイトルがついている。そのブログのトップページ。最新の記事らしい。

《金髪娘に嫌悪を覚えた日。》というタイトル。その下に、記事がある。

《某月某日。テレビにて〈真剣！　居酒屋対決〉なる番組を観《み》た。期待もしないで観たのだが、その期待をさらに裏切られるような低レベルの番組であった。特にペギーという金髪娘にはうんざりさせられた。ハワイ育ちのハーフと居酒屋の組み合わせに、テレビ局が飛びついたのであろう。イカの塩辛を使ったピッツァなどという酒肴も、奇をてらったものとしか私には感じられなかった。一方、老舗《しにせ》である〈神倉亭〉の酒肴は素晴らしいものであった。枝豆と生ウニという日本ならではの素材を活《い》かした、うなるような逸品であった。日本酒、十四代・龍月《りゅうげつ》も私の好みである。店主の力量に感服させられた。日本料理の良さを、あらためて認識した日であった。》

という文章。その最後には、筆者として《ミスター具留米《ぐるめ》》とあった。

わたしは、そのプリントアウト用紙を、カウンターにポンと置く。「うんざりするのは、こっちよ。このブログを書いてる〈ミスター具留米〉は誰なの？」と訊いた。

竹田は、わたしが出してあげたビールを飲みながら、

「どこの誰だかわからないが、この偉そうな批評は、それなりに読まれてもいるみたいだな。君の目に入るかもしれないんで、先に教えておこうと思ってね」と言った。

「こんな無責任なブログが、読まれてるんだ……」

「まあ、ごく一部の連中が読んでるらしい。SNSの普及で、素人のにわか評論家が小蠅《こばえ》みたいに続々とあらわれてるんだが、この〈ミスター具留米〉もそんな一人だろうな。まあ、さまざまな状況でマスタベーションのように何かを発言するのは勝手だが、よく考えてみるとそういう素人評論の決定的に弱いところがある」

「っていうと？」

「素人評論家は、何を発言するにしても、ハンドルネーム、つまり自分の本名をあかさずに、言いたい放題のことを言う。何を発言しても、匿名《とくめい》だから自分に弾を撃《う》ち返されることがない。それがわかっているから、無責任になんでも言えるのさ。読んでる方も、それがわかっていて、１００パーセント信用してるわけじゃないと思うね」

「なるほど。じゃ、テレビ局としても、たとえばこういう発言は気にしない？」と訊くと、「もちろん。気にするどころか、歓迎だね」竹田は言った。

「歓迎?」わたしは訊き返した。「ああ、大歓迎さ。たとえば、この〈ミスター具留米〉のブログにしても、読んでる全員がこの内容を信用しているとは思えない。なんせ匿名の発言だからね。面白半分にブログをのぞいてる人も多いだろう。だから、今回のブログを読んで、逆に面白そうだから番組を観てみようという人は多いと思うよ」

「うんざりするような金髪娘を観てみたい?」わたしは苦笑しながら言った。「そういうこと」と竹田も苦笑。「この〈ミスター具留米〉は、君をけなすことで、逆に番組を宣伝してしまっている結果になってるのさ。自己満足に終始してる本人は気づかないかもしれないけどね」と言った。わたしも、まったく同感だった。言いたい人には勝手に言わせておけばいい。痛くも痒くもない。

「こういう人もいて、番組の視聴率は好調だよ。次回も頑張って」と竹田。「もう、出す物は決まった?」と訊いた。

「それが、なかなか決まらなくて……」わたしは正直に言った。竹田は小さくうなずいている。「ひとつ、番組の制作サイドからの希望を言わせてもらうと、シンプルなものがいいな」と言った。

「シンプル？」と、わたし。「ああ、〈ポルトフィーノ〉は、手のこんだ物を出してくるだろう。だから君の方は、ぐっとシンプルな物を出してくれると、コントラストが強くなって、番組としては面白くなるんだ」と竹田は言った。

「たとえば、子供の頃から食べている素朴な物なんかだと、〈ポルトフィーノ〉と対照的でいいんだけどなあ……」と彼。「子供の頃からか……」わたしは、つぶやいた。

「まあ局側からの勝手なリクエストだから、あまりこだわらなくていいんだけど、ま、ちょっとしたヒントってことで……」と竹田。ビールを飲み干す。「収録日を楽しみにしてるよ」と言い、帰っていった。


「どうした。悩んでるのか？」と勇一郎。カウンターの中で、イカの腹わたを、ぐいぐいと引き出しながら訊《き》いた。わたしは、「まあね……」と、つぶやいた。

明日は、いよいよテレビでの対決。けれど、どんな酒肴で勝負するか、まるでアイデアが浮かんでこない。プロデューサーの竹田からは、〈たとえば、子供の頃から食べている素朴な物〉というちょっとしたヒントがきている。

「子供の頃から食べてる物っていっても、何があったかなあ……」と、わたしはつぶやいた。思い出してみる。けれど、いざとなると、なかなか思い出せない……。

「そんなに悩んでるなら、お母さんに訊いてみればいいじゃないか」と勇一郎が言った。母に直接訊いてみる。そのことは、さすがに思いつかなかった。こうやって、背中をポンと押してくれるようなひと言《こと》を、勇一郎はよく口にしてくれる。まわりくどくなく、ストレートなひと言……。わたしは、素直にうなずいた。

時計を見た。午後3時45分。ハワイは、夜の8時45分だ。母は、仕事を終えて家に帰っているだろうか……。とりあえず、わたしはスマホを手にした。

〈ママ、もう仕事は終わった？〉とラインを送った。しばらくすると、〈もう家に帰ってるわよ。日本に帰ってみるかどうか、まだ決心はついてないんだけど……〉と返信がきた。

〈それは気持ちがかたまってからでいいんだけど、ちょっと、きいていい？〉わたしが送ると、すぐ〈何？〉と返ってきた。〈わたしが子供の頃から、ママが作ってくれてた料理って何があったっけ。できれば簡単なもので〉と、わたし。

それから20分以上過ぎただろうか。〈全部は思い出せないけど、いくつか送るわね〉と母。家でつくっていた物を、リストアップしてきた。20品ぐらいあるだろうか。わたしは、スマホの画面を見つめた……。20をこえるメニューの最後、〈こんなものもよく作ったわねえ〉と前置きして、母が送ってきた一品。それを、わたしはじっと見つめていた。やがて、

そうか……これがあったか、と心の中でつぶやいていた。これがあった……。

その夜、0時過ぎ。営業を終えた店に、ゆったりとした曲が流れていた。店の片隅にあった小型のCDラジカセを、わたしは3日前の掃除中に見つけた。そのわきに、一枚のCDがあった。銘盤と言われているC《キャロル》・キングの〈Tapestry《タペストリー》〉だった。古ぼけたラジカセも、CDも、ホコリにまみれていた。中鴨さんに訊くと、

「ああ、大昔に買ったやつ」とだけボソリと言った。

わたしは、ホコリを払う。CDラジカセの電源を入れてみた。どうやら動くようだ。CDを入れてみる。音が出るかなと思っていると、曲が流れはじめた。それ以来、わたしはCDラジカセをカウンターの隅に置いていた。

いま、9曲目の〈Will You Love Me Tomorrow?《ウィル・ユー・ラヴ・ミー・トゥモロー》〉が低いボリュームで流れていた。わたしは、カウンターの中で菜箸《さいばし》を使い、小ぶりな天プラを揚げていた。向かいには、

勇一郎が一人でビールを飲みはじめていた。

きょうも、店は満員だった。夕方から夜遅くまでお客はたえなかった。わたしも勇一郎も、汗だくになって仕事をした。そんな一日も、やっと終わろうとしている。勇一郎は、ほっとした表情でビールを飲みはじめていた。

わたしは、天プラを揚げ終わった。一度、油を切る。お皿にのせ、勇一郎の前に置いた。つゆも、お皿のわきに置いた。

勇一郎は、箸で天プラをとる。つゆにつけ口に運んだ。6、7秒して、わたしを見た。微笑し、大きくうなずいた。

あと15時間ほどで、最後の居酒屋対決がはじまろうとしている……。

25　こんな手があったとは……

「本番収録まで、あと15分です！」とADの声が響いた。スタジオでは、スタッフやカメラマンが、あわただしく動いている。そのときだった。

「ペギーさん」という声がした。ふり向く。対戦相手の〈ポルトフィーノ〉のオーナー・シェフ、ジャンニ・レオーネだった。ホームページで見た通り、ウェーブした黒い髪を後ろになでつけている。四十代の後半に見える。血色がよく顔がつやつやしている。上手な日本語で、わたしに声をかけてきた。

「何？」と、わたし。少しにやけた微笑を浮かべているレオーネに言った。やつは、

「こんな美しいお嬢さんと腕をきそえるのは光栄です。お手やわらかにね」と上手な

日本語で言った。

「了解よ。そこそこ手加減してもいいわ」わたしは、腕組みをして言った。

「ということは、この私に勝てると？」とレオーネ。「勝負は、やってみなきゃわからないでしょう」と、わたし。レオーネのやつは苦笑し、手を広げてみせる。

「私は、18歳からこの道に入って、30年やっている。お嬢さんみたいなアルバイターとは、キャリアが違います」と言った。わたしは、少しむかっとした。

「厨房《ちゅうぼう》に立ったら、男も女も、キャリアも関係ないわ」と言った。レオーネは、苦笑を浮かべた。「まあ、口先でならなんとでも言えるけど、勝負にはならないでしょう。いっそ棄権したらどうですか？」と言った。

「勝手に言ってれば」と、わたし。

「これはこれは強気なお嬢さんで、困ったものだ」とレオーネ。「じゃ、こういうのはどうです。私が勝ったら、あなたには、うちの店のトイレを掃除してもらう。どうですか？」

「じゃ、わたしが勝ったら、あんたがうちの店のトイレを掃除するってこと？」

「もちろんです。あり得ませんが」

レオーネがそう言ったとき、ＡＤの声が響いた。「本番収録まで、あと5分です！」

番組の初めに、司会者が説明をした。もし、わたしが3回目になるこの対戦で勝ったら、〈居酒屋レジェンド〉として、殿堂入りをすることを説明する。そして、「今夜、ペギーさんの居酒屋〈休〉が、〈居酒屋レジェンド〉の栄誉に輝くのでしょうか。さあ、いよいよ対決がはじまります！」と声をはり上げた。

そしてゴングが鳴った。対戦開始だ。といっても、わたしの方は、作るのに時間はかからない。天プラ鍋《なべ》を火にかけた。レオーネの方は、彼をはじめ3人ほどで、あわただしく動き回っている様子だ。レオーネが指示している声が聞こえる。わたしは、淡々と手を動かしていく……。

やがて、終了のゴング。司会者が、声に力を込めた。「では、いよいよ試食試飲です。まず、〈ポルトフィーノ〉のレオーネさんの方から、酒肴《しゅこう》をお願いします！」と言った。

レオーネとスタッフが、審査員たちの前に皿とグラスを置いた。白いお皿にのっているのは、まん丸の形をした肉料理だった。直径10センチほど。高さは5センチぐらいある。挽《ひ》き肉が3つほどの層になっているようだ。肉の層の間には、何かがはさまっている。料理の周囲には、赤と黄色のソースが細く引かれ、飾りになっている。飲み物は、赤ワインだった。

審査員たちは、フォークとナイフを手にする。ナイフを料理に入れ、フォークで口に運んだ。6、7秒して、

「これは凄《すご》い」と、〈グルメ俳優〉。大きくうなずきながら言った。居酒屋評論家も、うなずいている。

「奥深い味だな……」と言った。そして、ワインを口に運んだ。ゆっくりと口に含み、飲む。また、大きくうなずいている。満足そうだ。女性編集長の松野さんも、うなずきながら料理を口にしている。

それを見ていたレオーネは、にやりとして、わたしを見た。わたしは知らん顔をしていた。

「それでは、この酒肴を用意した〈ポルトフィーノ〉のオーナー・シェフ、レオーネさんに、今回の酒肴を解説してもらいましょう」と司会者。レオーネは、よく通るバ

リトンで話しはじめた。

「料理は、私どもの店のオリジナルですが、まあ名前をつけるとすれば、〈岩手産鴨肉のバウムクーヘン風〉とでも言いましょうか」と言った。俳優が、

「ほう、岩手産か……。それでこの鴨肉は、どんな料理法で？」と訊《き》いた。レオーネは、うなずく。

「鴨肉の良質な部分を挽き肉にし、ソテーしてあります。味つけの重要なポイントは、世界一と言われているミクロネシア、ポンペイ島の黒コショウです」と言った。俳優は、

「なるほど、あのポンペイのコショウだったのか……」と、つぶやいた。つぎに、松野編集長が口を開いた。

「鴨肉の間に、層をつくるようにはさまっているのは、トリュフですよね」と言った。レオーネは、うなずく。「よくおわかりで。プロヴァンス地方で採《と》れたトリュフをごくごく薄くスライスして、鴨肉にはさみこんでいます」と言った。

「そうか、鴨肉の味に奥深さを加えているのは、トリュフだったのか……」と居酒屋評論家。彼も、ワインに口をつけた。

「ちなみに、今回用意させていただいたワインは、光と風に包まれたトスカーナ地方のポピュラーなものです」とレオーネが言った。

「岩手産の鴨、ミクロネシアのコショウ、フランス産のトリュフ、そしてイタリア産のワインか……。興味深い」と居酒屋評論家が言った。

「それでは、ディフェンディング・チャンピオン、居酒屋〈休〉のペギーさんの酒肴をお願いします」と司会者。

わたしは、小さめのお皿にのせた天プラを、審査員たちの前に置いた。天プラ用のつゆもわきに置く。そして、飲み物は、良く冷やしておいたビールだ。

「ほう、天プラか……」と俳優。意外そうな表情。箸《はし》を手にした。ほかの審査員も、箸をとる。小ぶりな天プラを、つゆにつけ、口に運んだ。その5秒後、

「こ、これは……」と居酒屋評論家。うなるようにつぶやく。「まさか……こんな手があったとは……」と口に出した。俳優も、「これは驚いたな……」と言った。

松野編集長は、無言で天プラを口にしている。俳優と居酒屋評論家は、ビールのグラスを口に運んでいる。司会者が、

「では、この酒肴について、ペギーさんに解説してもらいましょう」と言った。

「解説する必要もないと思いますが、天プラの具は、納豆です。ごく普通の納豆に刻んだ長ネギを少しいれてあります。それをできるだけからっと天プラにしました」

わたしは言った。居酒屋評論家が、まっ先に食べ終え、一気にビールを飲み干した。

「いやあ、なんか、体が喜んでるよ」と笑顔で言った。ほかの2人も、うなずいている。スタジオの空気がなごんだ感じだった。

松野編集長が、口を開いた。

「納豆の天プラとは、シンプルでありながら、一種の驚きがある一品ですが、これを作ったのには、何か特別な意図があるんですか？」と訊いた。わたしは、微笑してうなずく。

「別に驚かそうと思って作ったわけではないんです。実は、これは、ハワイに住んでいる母がよく作っていたものです」わたしは、静かな口調で話しはじめた。「以前にもお話しした事がありますが、わたしの家は母子家庭で、経済的には恵まれていませんでした。そんな質素な暮らしの中で、母がよく作ってくれたのが、この納豆の天プラでした。これを口にすると、家に帰ったような気持ちになります」わたしは言った。

「家に帰ったような、か……」居酒屋評論家。わたしは、ゆっくりと、うなずいた。

「これは、わたし一人の考えですが……。たとえば、いきつけの居酒屋の入口を開けて入ると、自分の家に帰ったようにほっとする……そんな店が最高の居酒屋じゃないかと最近思うんです。そんな思いを込めて、この一品を作りました。なので、飲み物も、ごく平凡なビールにしてみました」

わたしが言うと、松野編集長が大きく深くうなずいた。

そこで、司会者が声をはり上げた。

「では、審査員の皆さん！〈ポルトフィーノ〉、レオーネさんの酒肴に軍配を上げる方は青のプレートを、〈休〉のペギーさんに軍配を上げる方は赤を上げてください。……よろしいですか？……では、どうぞ！」

司会者が言った直後だった。〈グルメ俳優〉が、赤のプレートを持ち、上げた。わたしは少し驚いていた。この人だと、凝《こ》りにこったレオーネの酒肴に票を入れると思っていたからだ。ところが、何も迷わず、わたしに軍配を上げた。そのことに驚いていた。

続けて、松野編集長と居酒屋評論家が、赤いプレートを上げた！　上で、クス玉が割れ、金色の紙吹雪がわたしを包んだ。レオーネが、〈なんてこった〉という表情で、大きく両手を広げた。

「今回は、いやに軍配を上げるのが早かったですね」と司会者。俳優に言った。彼は、微笑し、うなずいた。「……これは、あまり言いたくなかったんだけど、あえて話してしまおうかな」と言った。

26 遥かなるポルトフィーノ

「私は学生時代から劇団に入って俳優への一歩を踏み出しました。ところが、なかなか売れなくて、いわゆる下積みの時代が長く続いたんです。安いアパートで一人暮らしをしていました」とグルメ俳優。みんな、じっと彼の話をきいている。彼は、ゆっくりとした口調で、

「そんな頃、よく食べたのが納豆でした。3パック入りの納豆とレトルトのご飯を買って……。晩飯が納豆ご飯だけという日もありました。いまの私があるのは納豆のおかげと言ってもいいでしょうね。寒いジョークと言われそうですが、ねばり強い性格になれたのも、そのおかげかもしれません。納豆は、いまでも好きです」

俳優が言うと、2人の審査員も笑顔を見せ小さく拍手をした。そして、松野編集長が落ち着いた口調で話しはじめた。

「ペギーさんが言った、〈自分の家に帰ったようにほっとする店〉というのは名言だと思います。特に今回の酒肴《しゅこう》は、お腹だけではなく、心の奥まで届くものでしたね。初代〈居酒屋レジェンド〉にふさわしいと思います」と言った。居酒屋評論家が大きくうなずき、「異議なし」と言った。

もう、女性司会者が、〈居酒屋レジェンド〉のトロフィーらしい物を持って歩いてきた。スタジオにたくさんの拍手が響いた。


翌日。午後3時過ぎ。わたしは、店にいた。カウンターの中で、仕込みをしていた。やっと、テレビ対決が終わったので、ほっとした気分だった。ゆっくりと、塩辛ピッツァの仕込みをしていた。

そのとき、店の出入口が開いた。入ってきたのは、なんと、きのう対決したイタリア人のレオーネだった。

〈何か仕返しをしにきたのか？〉わたしは、一瞬そう思い、身がまえた。けれど、どうも様子が違う。レオーネは、ジーンズにTシャツというスタイル。わたしを見ると、「チャオ」と言った。

「何しにきたの？」と、わたし。「何って、テレビ局で約束したじゃないですか。私が負けたら、あなたの店のトイレを掃除すると」レオーネは言った。見れば、手にはポリバケツとタオルを持っている。わたしは、思わず笑った。

「あれは、売り言葉に買い言葉っていうやつよ。うちのトイレは、充分にきれいだから」と言った。同時に、〈こいつ、キザだけど、けっこう、いいやつなんだ〉とも思っていた。

その15分後。レオーネは、カウンター席に座っていた。もう、夏の気温になっていた。わざわざやってきたレオーネに、わたしはビールを出してあげた。彼はグラスに口をつける。わたしの手もとを見て、

「それ、塩辛のピッツァですね。テレビで観ましたよ」と訊《き》いた。わたしは、うなずいた。「あの……」とレオーネ。「何？」と、わたし。「もしよかったら、そのピッツ

ァを食べさせてくれませんか？」と彼は言った。

「あんたが、ピッツァ？」わたしは少し驚いて訊き返した。「イタリア人なら、毎日のようにピッツァなんて食べてるでしょう」と言った。

ところが、彼は首を横に振った。「私は、イタリアを出て以来、一度もピッツァを食べたことはありません」と言った。なぜ……。そう訊き返そうと思った。けれど、それを口には出さなかった。彼の表情が、やけに真面目《まじめ》だったからだ。わたしは、仕込みをはじめていたピッツァを作りはじめた。

15分ほどで、ピッツァが焼けた。わたしは、それに切れ目を入れ、レオーネの前に置いた。レオーネは、ピッツァの一片を手にとり、ゆっくりと口に入れた。その1分後だった。彼の眼がうるむ。涙が、いまにもあふれ出しそうだった。

「……私は、18歳でポルトフィーノにあるレストランで修業をはじめました。ポルトフィーノというのは地中海に面した港町で、観光地でもあります。ヨーロッパ中から観光客がくる。そんな町です」レオーネは、静かな口調で話しはじめた。

「私が勤めていた店は町のメインストリートにあり、そんな観光客を相手にした店でした。だからメニューの中心は、絶対的にピッツァであり、パスタでした。特別に美《う》味《ま》くなくてもいいから、観光客向けに、素早く料理を出す、そんな店でした」とレオーネ。ビールでノドを湿らす。

「そんな店で修業をしているうちに、私の中にある思いがわき上がってきました。それは、イタリア料理を野暮ったいものととらえる気持ちでした。当時はひどく若かったこともあり、小さい頃から食べていたパスタやピッツァを軽く見る思いにとらわれたんですね。意気がっていたというか、毎日、レストランの厨房《ちゅうぼう》でピッツァやパスタを作りながら、〈なんだ、こんな野暮ったいもの!〉と心の中で叫んでいました。そして、こんな町、出ていってやる。料理の本場、フランスに行って一流のシェフになるんだ、ミシュランで星をとるようなシェフになるんだという願望にとらわれていました」

「事実、イタリアには21歳までしかいなかったんでしょ?」わたしは言った。彼のプロフィールによると、21歳でパリに移り住んだとあったのを思い出していた。

「ええ、21歳のとき、イタリアからパリに旅立ちました。少しだけ心残りはあったんですが」

「心残り？」と訊くと、彼は、うなずいた。

「その頃、つき合っていた彼女がいたんです。地元ポルトフィーノの女性で、私より2歳年下でした」と彼。ポケットからルイヴィトンの財布をとり出した。中から、一枚の写真を出した。パウチされた小さなスナップ写真だった。すでに写真は色褪《いろあ》せている。一人の女性が写っていた。黒い髪をまん中から分けた若い娘がカメラを見ていた。

「可愛い娘《こ》じゃない」わたしは、それを見て言った。「そうなんですが、その頃の私には、彼女さえも野暮ったく見えたんですね。特にパリなどからくるお客の女性たちと見比べてしまうと……。いま思えば愚かなことですが」とレオーネ。

「で、あなたは故郷のポルトフィーノから旅立った……」

「ええ。バス停には、彼女だけが見送りにきました」

「彼女の名前は？」と、わたし。「リタという名前です」とレオーネ。

「もう帰ってこないと彼女に言ったの？」

「そうは言いませんでした。けど、リタは半ば気づいていたかもしれません。私が、もうこの町には帰ってこないのではないかと……。とにかく、早朝のバス停で別れのキスをしました。霧の深い朝でした」

と彼。そのときをふり返るような目をして言った。

「そして、私はパリにあるレストランで修業をはじめました。リタからはよく手紙がきましたが、忙しいこともあり、私は適当な返事を書いていました。毎日が、めまぐるしく過ぎていき、気がつくと28歳になっていました。そのとき、故郷のポルトフィーノの友人から知らせがきたんです。リタが結婚をしたと……。地元で漁師をやっている青年と結婚したという知らせがきたんです」

「……ショックだった？」言うと、彼はしばらく無言でいた。わたしは、新しいビールをグラスに注いであげた。彼は礼を言った。ビールでノドを湿らす。

「なかば自分が捨てた故郷と彼女なわけだから、それは当然の話なんだけど、ショックでしたね。考えれば身勝手な話なんです……。どこにでも転がってる愚《おろ》かな男の話ですね」とレオーネ。わたしは無言できいていた。

「私は、しばらく頭が混乱していましたが、やがてヨーロッパから逃げ出そうと思いました」

「その彼女が結婚したことだけが原因で？」

「それもそうなんですが、彼女のことがショックで、私は仕事上のミスをしてしまいました。まったく集中力を欠いていたんでしょう。同じようなミスを3回もくり返してしまいました。お客から皿を突き返されるようなひどいミスです。結局、その店をクビになってしまいました」

「クビねえ……」わたしは、つぶやいた。

「わたしが勤めていたのはとても有名な店でした。ヨーロッパ全体の料理界に名の通った店です。そこでひどいミスをしてクビになったとなると、そんな私を雇ってくれる店はありませんでした。困りはてた私は、フランス人の知人をたよって日本にやってきたんです」とレオーネ。

「フランス人の知人って、料理人？」

「ええ、フレンチの料理人で、すでに麻布に店をかまえてました。私は、その店を6年ほど手伝って、いまの店を開いたんです」

「で、店名はなぜポルトフィーノに？」わたしが訊くと、彼はしばらく無言でいた。

やがて、ぽつりと口を開いた。

「未練ですかね……」と言った。そして、「たぶん、そうなんでしょうね……」わたしは、うなずく。

「でも、お店は繁盛してるみたいじゃない」と言った。レオーネは、ほんの少し苦笑した。「けれど、決定的に欠けているものがあるように思います。きのう、あなたが作った素朴な一品を見て、あらためてそう感じました」と言った。

わたしも、ビールのグラスに口をつけた。そして東京とはつくづく不思議な街だと思った。このような人生をへて、いわば漂着した人もいる街なのだと……。やがてレオーネが、とても静かな口調で、

「失なったものの大切さって、時が過ぎるほど、はっきりとわかってくるようですね……」と言った。カウンターの隅に置いてある古ぼけたCDラジカセから、〈It's Too《イッツ・トゥー》 Late《・レイト》〉が流れていた。〈もう遅過ぎるよ、ベイビー〉と、C・キングが歌っていた。

27　その夜、父は一睡もしなかった

道久からラインのメッセージがきたのは、その夜遅くだった。〈どう、元気？〉からはじまり、〈テレビ対決、勝ったんだってね。局の人からきいたよ。おめでとう〉というメッセージ。

わたしも、〈ありがとう。これで、当分、テレビに出なくてすむわ〉と返した。しばらくして、〈そうらしいね。じゃ、そろそろ会って食事でもしないか？　どこかの店でもいいし、ぼくの部屋でもいいし〉と道久。

わたしは、壁にかけてあるカレンダーを見た。テレビ対決を収録する火曜日は、このところ続けて臨時休業にしてある。そして、このまま火曜日を定休日にしようと考えていたのだ。いま、店は大にぎわいだ。週に1日ぐらい定休日がないと、わたしも、手伝ってくれている勇一郎もばててしまう。

定休日にするなら、火曜か水曜がいいと、中鴨さんが言っていた。たとえば平日に仕事をしている人なら、土日休んで、月曜は休み明けの仕事日。その夜は、一杯飲みにいきたくなるという。そして、週後半の木曜と金曜は、そろそろ疲れがたまってくるので飲みにいきたくなる。というわけで、定休日にするなら、火曜か水曜がいいという。わたしは、なるほどと思った。そして、火曜を定休日にすることにしたのだ。

わたしは、〈じゃ、来週の火曜日は、どう？〉と道久にメッセージを送った。〈了解。で、どこにいく？〉と、すぐに返信がきた。わたしは、しばらく考える。〈少し考えさせて。また連絡するわ〉と送った。〈わかった。久しぶりにゆっくり会えるのを楽しみにしてるよ〉と道久からのメッセージがきた。

テレビ対決が、オンエアーされた。その日の夜中だった。店の片づけをしていると、スマホに着信があった。かけてきたのは、腰越の祖母だった。

「今晩は」と、わたし。「いま、電話、大丈夫？」と祖母。わたしは、大丈夫ですと答えた。さっきまで大騒ぎで飲んでいた常連さんたちも帰ったところだった。中鴨さんは、もう二階の部屋で寝ている。いま店にいるのは、わたしと勇一郎だけだ。

「テレビ観たわよ。よかったわね」と祖母。「……でも、少し驚いちゃった」と言った。

「驚いた？」わたしは訊《き》いた。ひと呼吸置いて、「じゃ、やっぱり知らなかったのね……。あの納豆の天プラは、私が娘の香澄に教えたものなの」と祖母は言った。

「おばあちゃんが？」思わず訊き返した。「ええ、そうなの。私も母に教わったもので、香澄が小さい頃から、うちではよく作ってたわ。いまでも、時々やるわよ。おじいさんも好きだから」

今度は、わたしが驚いていた。「へえ……」と、つぶやいた。「そうよ。家にいた頃の香澄も好きだったし、おじいさんも大好きよ」と祖母。

「おじいさんも……」

「そう。おじいさん、釣りがただ一つの趣味なんだけど、下手《へた》のよこ好きっていうか、白ギスなんかを釣りにいっても、2、3匹しか釣れないことが多いの。2、3匹じゃ、天プラにしても足《た》りないでしょう？　そんなときは、納豆の天プラもやるのよ。だから、おじいさんが白ギス釣りにいった日は、必ず納豆を買っておくの。いまでも、そうよ」と祖母。笑いを含んだ口調で言った。

「……じゃ、今夜のテレビを観て、おじいさんは？」

「かなり驚いた顔をしてたわ。あの香澄がハワイでも納豆の天プラを作ってたと知ったんだから、たぶん気持ちが揺れたんじゃないかしら」

「……で、ママのことを何か言ってた？」と、わたし。「気持ちはずいぶん動揺してたと思うんだけど、表向きは、あい変わらず、ぶすっとしてたわよ」と祖母。その口調には、苦笑いが感じられた。そして、「意固地でもあるし、不器用でもあるのよ」と言った。わたしは、うなずいた。ハワイの母も、一度帰国しようかどうか、まだ迷っているらしい。そのことを祖母に伝えた。

「しょうもない頑固爺《じい》さんね」わたしは言った。グラスのビールを、ぐいと飲んだ。

いま祖母と電話で話したことを、勇一郎に伝えたところだった。

「いくら、母がハワイにいくとき、すごい親子ゲンカしたといっても、29年たったいまも無視してるなんて、ほんとに困った頑固者ね。実の娘への情がないのかしら」と、わたしは言った。

勇一郎は、小さく笑いながらビールのグラスを口に運んでいた。しばらくすると、グラスを運ぶ手が止まった。わたしを見た。

「自分の娘が可愛くない父親なんて、めったにいないと思うぜ。うちの親父と妹を見ててもわかるよ。おれにはぶうたら文句を言う親父も、妹にはてんで甘いよ」と勇一郎。「あの腰越の爺さんも、本当は娘のことが可愛いんじゃないか？　可愛いだけに、娘がハワイにいくと言い出したとき、娘を手ばなしたくないんで猛烈に反対した。それでも娘が家を出てハワイにいってしまったもんで、ひどく落胆したってことはあり得《え》るな。基本的に頑固な人らしいから、娘への落胆が、無視することになってると思えないか？」

勇一郎は言った。わたしは、心臓の鼓動が早くなるのを感じていた。

そんなふうに考えたことは、一度もなかったからだ。お堅い勤め人だった祖父が、サーフィンなどをやるためにハワイにいってしまった娘を許せないでいる。自分の堅実な人生を否定するような娘の行動に強い怒りや憎しみを感じている……。そんな印象を持っていた。

愛情が深かったからこそ、家を出ていった娘にひどく落胆していたとは……。もし、そうだとしたら……。

わたしは、時計を見た。夜中の0時過ぎ。ハワイは、朝の5時過ぎ。母はまだ寝ているだろう。連絡をとるのは早すぎる。わたしは、ビールを口にして、気持ちを落ち着かせた。

リピート再生しているCDラジカセからは、また〈It's Too Late《イッツ・トゥー・レイト》〉が低く流れている。遅くなり過ぎないうちに……遅くなり過ぎないうちに……。

午後の3時半になった。わたしは、仕込みをしていた手を止めた。ハワイは、いま夜の8時半。母は、そろそろ家に帰っているかもしれない。わたしは、急ぎの用があると、ラインを送った。

2、3分で、返信がきた。わたしは、テレビ対決で納豆の天プラを作ったこと。そして、祖母とのやりとりを送信した。

〈そうだったの……〉と母。わたしは、〈もしかして、おじいさんって、ママのことすごく可愛がっていたんじゃない？　だから、ママにハワイなんかにいって欲しくなかったんじゃない?〉と送った。

　ママからメッセージが返ってくるまでには30分ぐらいかかった。そして、やっと返信がきた。

〈父が癌で、もってあと半年ときいてから、私もいろいろと思い出してみたの……。確かに、子供だった頃から、よく一緒に釣りにはいったわ。腰越の港から釣り船に乗ったりもして……。でも、たいてい、私の方がたくさん釣っちゃうの。それでも父はすごく嬉《うれ》しそうにしてたわ。わたしがサーフィンに熱中しはじめるまでだけどね〉

　というメッセージ。わたしは、想像していた。夕方近い漁港の岸壁。釣り船からおりた父親と、10歳ぐらいの娘が、釣り竿《ざお》を持ち、並んで歩いている。父の満足そうな顔にも、はしゃいでいる娘の顔にも、レモン色になりかけた斜めの陽が射している。そんな二人の影が、コンクリートの岸壁に長くのびている。港を渡る風が、娘の髪を揺らしている……。そんな光景を、わたしは思い描いていた。

　さらに15分ほどして、母からメッセージがきた。

〈あれは、私が11歳か12歳のときだったと思う。日曜日、父と釣りをしている最中、私が背ビレに毒があるカサゴを素手でつかんじゃって、発熱したの。お医者で手当てをしてもらったけど、明け方まで熱は下がらなかった。目が覚めると、もう朝の9時過ぎだったわ。父はもう出勤してた。でも、母からきいたの。父は、その夜、一睡もしなかった。朝になり、眠ってる私の熱が下がったのを確かめてから出勤していったって……。後になっても、父は、そんなこと、一度も口にしなかったけど……〉

わたしは、それを3回読みなおした。そして、ラインを書きはじめた。

〈やっぱり、おじいさん、ママのことをすごく可愛がっていたんじゃない？　だから、ずっとママと一緒に釣りをしていたかったんじゃない？　でも、ママがサーフィンに熱中しはじめて、とうとうハワイにいくと言い出したんで、すごく反対したんじゃないかしら〉と送った。10分ほどして、

〈実は、私もいま同じようなことを思ってたの。18歳だった当時、父からしてみれば、サーフィンに熱中した私が自分から離れていくんでだんだん、寂しくもなり頑《かたく》なにもなり、私のハワイいきに猛反対したのかもしれない……。いや、たぶんそうだと思うわ。私は私で若かったから、こんなに私のやりたいことに反対する親なんて……と思ってしまった。それで、絶対に家なんか出ていってやる、意地でもハワイから帰るものかと決心して、いままできたのね。ほら、釣り糸が、絡《から》むみたいに、高ぶった感情

が、もつれ合ってしまったのかもしれないわ〉

と母からのメッセージだった。わたしは、それをじっと見た……。

28　最後ぐらい、かっこつけさせてくれ

〈ママが帰国して、おじいさんと会ったら、その絡んだ糸も、もしかしてほどけるんじゃない？〉わたしは、思い切って、そんなメッセージを送った。
〈そうかもしれないわね……〉と母。
〈絶対そうだと思う。これ以上迷っていないで。おじいさんには、もうあまり時間がないわ〉と、わたし。10分ほどして、
〈……わかったわ。さっそく休みをとりたいと店長に言うわ。仕事が休めることになったら、すぐに連絡する〉と、メッセージがきた。

「なんか、迷ってるみたいね」と大家の大辻さん。箸《はし》を手に、わたしに言った。

昼過ぎだった。わたしは大辻さんに、お昼をごちそうになっていた。ここに引っ越して以来、週に1回ぐらいのペースでお昼をごちそうになっている。大辻さんも、一人で食べるのは味けないという。きょうも、大辻さんが茹《ゆ》でてくれたザル蕎麦《そば》を食べていた。

わたしは、しばらく考え、ぽつっぽつっと話しはじめた。会社勤めをしていたときにつき合いはじめた道久。過去の恋人と言ってしまうには、まだそれほどの時間が過ぎていない。そして、彼に対する好意も残っている。一方、この千駄木にきて知り合った勇一郎。お互いに好意を持っているのは、すでに感じている。

わたしの心は、その二人の間で揺れている。そして、明日の火曜は、道久と夕食にいく予定になっている。そのときまでに、自分の気持ちをはっきりさせておく必要があるだろう。中途半端でいるのは、道久に対しても申しわけないことになる。さてどうする……。

わたしは、サラリと大辻さんに話した。大辻さんは、黙ってお蕎麦を口にしている。やがて、わたしたちはお蕎麦を食べ終わった。

「おいしかったです」わたしが言うと、大辻さんは微笑し、うなずいた。

「このお蕎麦はね、亡くなった主人の妹さんが、いまでも信州から送ってくれてるものよ」と言った。

「へえ……信州から……」と、わたし。「主人の実家は、信州でお蕎麦をつくっている農家なの」と、大辻さんは言った。しばらく、蕎麦湯を飲んでいる。やがて、顔を上げ、わたしを見た。

「そうそう……男性とのつき合いに迷ったときにヒントになることが一つあるわ。これは、私のごく個人的な意見なんだけどね」と大辻さん。わたしは、少し身をのり出した。

「私が男性を見るときは、顔とかなんかより、その人の手を見るの」

「手……」

「そう、手を見るの。手の大きい小さいはともかく、節《ふし》くれだったような骨ばった手の人はいいわ。それは、仕事をやる人の手だから。逆に、女性のようなきれいですんなりした手の男は駄目《だめ》ね。いざっていうとき、頼りにならないもの」

あい変わらず微笑したまま、大辻さんは続ける。

「私が主人を選んだときも、そうだったわ。主人は、英文学の翻訳家だったけど、出身は長野で、蕎麦づくりをやってる農家の息子だったの。だから、小さい頃から農業を手伝って育ったの。同時に勉強も頑張って、東大に進み、やがて翻訳家として認められるようになったんだけど」

「へえ……」

「私とは、同じ東大の学生として知り合ったんだけど、私がまず気に入ったのは、彼の手ね。大きいとか指が太いとかじゃないんだけど、無骨というか節くれだっていて、ごつい手だった。それは、子供の頃から家業の蕎麦づくりを手伝ってきた手だったのね」

「そこが気に入った……」わたしが訊《き》くと、大辻さんはうなずいた。「同じ大学に通う友人としてつき合うようになり、何年かして結婚したわ。でも、私の見たては当たってた。彼は、仕事にいきづまっても、けして投げ出すようなことをしなかったわ。だから周囲からも信頼されて、〈英文学の翻訳に大辻あり〉と言われていたわ」

　と大辻さん。蕎麦湯を手にして微笑した。開け放したガラス戸の外では、紫陽花《あじさい》が青紫色の花をつけていた。梅雨のあい間の淡い陽が、その花と葉に当たっていた。

わたしは、店に向かってゆっくりと歩いていた。歩きながら考えていた。いま大辻さんからきいた話が、心の深いところまで届いていた。すでに、道久と勇一郎の手を頭の中のスクリーンに映し出していた。

道久の手は、いわば都会人の手だった。指は細く、すんなりとしている。パソコンのキーに似合う手だった。

比べて、勇一郎の手は、ごつい。ずっと、野球をやっていたせいもあるだろう。そして、魚をさばく仕事をやっていることもあるに違いない。

わたしは、いつか勇一郎がメジマグロをさばいていたときを思い出していた。大きめの出刃包丁を握り、かなり大きなマグロをさばいていた。その手は、大辻さんの言葉を借りれば節くれだっていた。魚の血に濡《ぬ》れるのもかまわず、出刃包丁で魚の身を切り、骨も切り、力を込めてさばいていく。その姿をわたしは思い出していた。その勇一郎の姿に、男を感じたのも、くっきりと脳裏によみがえっていた。やがて、うちの店が近づいてきた。

翌日。夜の7時。まだ梅雨の最中らしく、東京の街は小雨に濡れていた。

広尾にあるカフェで、わたしは道久と待ち合わせをした。そこそこの料理も出す店で、雰囲気はカジュアルだ。わたしは、高級レストランに着ていけるような服を、すべて処分してしまっていた。その事情を道久に伝え、この店で会うことにしたのだ。

わたしが店に着くと、もう道久はきていた。会社帰りなので、スーツを着ている。窓ぎわの席で、カンパリらしいものを飲んでいた。わたしを見ると、笑顔を見せ片手を上げた。わたしは、彼と向かい合って座った。店員にウォッカ・トニックをオーダーした。

「やっぱり、そういうことか……」と道久がつぶやいた。店にきて30分。わたしたちは、エビのカクテルをつまみながら、ゆっくりとグラスを口に運んでいた。何気ない話がとぎれたところで、わたしは口を開いた。

「これからは、いい友達でいたいと思うの」と言った。

「それにしても、ペギーの気持ちがどう変化したのか、そのところを、よかったらきかせてくれないか」と道久は言った。そう訊くのは、当然だと思う。わたしは、グラスを口に運びノドを湿らせた。

「道久が好きだったことは嘘じゃない。……けど、いま考えるとそれと同時に、あなたとつき合っていたわたしの心の中に、もう一つの理由があったのに気づいたの」

「もう一つの……」と道久。わたしは、うなずいた。

「わたしは、仕事に痛めつけられ、疲れていた……。そんなとき、道久が優しく、わたしの傷を癒《いや》してくれたわ。そんなあなたの優しさにわたしは惹《ひ》かれて、つき合うようになった……。でも、そういう恋愛感情とは別に、わたしは、あなたの優しさに包まれていることで安心できた。言いかえれば、あなたの優しさの中に逃げ込んでいたのかもしれない。まるでシェルターに逃げ込むように……」わたしは、正直な気持ちを話していた。

「でも、それって、悪いことじゃないんじゃないか?」と道久。わたしは、小さくうなずいた。

「確かに、悪いことじゃないかもしれない……。でも、わたしの気持ちがイエスといわないの。誰かの優しさの中へ逃げ込んでいる自分に、〈それはお前らしくないぞ〉っていう声がきこえるの。〈本来のお前に立ち戻れ〉って、心の中でもう一人の自分が言ってるの。これは、どうしようもないことで……。ごめんなさい」

わたしは言った。道久は、ほんの少し苦笑した。

「謝ることはないよ。しかし、ペギーのそういう芯の強いところが好きだったんだけどな……。そんなペギーが落ち込んでる様子だったんで、その隙《すき》をついて口説いたと言えなくもないな。謝らなきゃいけないのは、こっちかもしれない」

と道久。わたしは、首を横に振った。

「道久は、そんな人じゃないわ。疲れ果てているわたしに、本気で手をさしのべてくれたのよ。それは、わかってる。隙をついて口説いたなんて、そんなセリフはあなたには似合わないわ」わたしは言い、道久はまた苦笑した。

「芯が強いだけじゃなく、頭もいいとは……」と言った。「とにかく、半年の短い恋愛だったけど、いい恋愛だったな」

わたしは、うなずいた。「ありがとう」と言った。道久もうなずき返した。「ぼくらには、いい思い出がある。充分過ぎるほどね……」

「あい変わらずクールでかっこいい」わたしが冗談めかして言うと、「最後ぐらい、かっこつけさせてくれよ」道久が白い歯を見せて言った。

会話がとぎれ、わたしたちは窓の外を眺めた。並木の葉も、雨に濡れている。一組の若いカップルが、歩道を歩いていく。二人で一本の傘に入り、ゆっくりと歩いていく。彼女が両手で水玉模様の傘を持ち、彼が彼女の肩を優しく抱いている。わたしと道久に、ああいう日はもう訪れないのだと思うと、正直、心の隅を細い針で突かれたような寂しさを感じた。わたしは、雨粒の流れる窓ガラスごしに、広尾の街をじっと見つめていた。

3日後、金曜日の昼過ぎ。わたしは店で仕込みをしていた。ピッツァの生地を作っていると、スマホに着信。腰越の祖母からの電話だった。昼間から電話とは珍しかった。少し嫌な予感がした。祖母の声が、この前、納豆の天プラについて電話してきたときと違って、少し沈んでいる。

「きのう、おじいさんと病院にいってきたの。癌の進行状態を検査するためにね」と祖母。

「それで、進行状態は、どうだったの？」

「それが、あまり良くなくてね。腎臓《じんぞう》にできた癌の影が大きくなってきてて……お医者さんが予想してたより進行が早いみたいなの」と祖母。スマホを握っているわたしの手に力が込もった。

「まだ、痛みなどはないみたいだけど、残ってる時間はまた少し減ったみたい。香澄の方は、どう？」と祖母。わたしは、まだ母が帰国する予定が決まっていないと答えた。そして、きょうまた連絡してみると祖母に答えた。

「よろしくね」と祖母。

29　後ろ姿が、震えていた

わたしは、仕込みをする手を止め時計を見た。午後3時半。ハワイは、夜の8時半になろうとしている。わたしは、ハワイにいる母に、〈ママ、腰越のおじいさんの具合がよくないみたい。休みは決まった？〉とラインで送った。ほんの2、3分でメッセージが帰ってきた。〈いま、家に帰ってきたところ。父の具合がよくないって？〉

わたしは、腎臓癌の進行が医師が予想した以上に早く、残された時間がまた減った、そのことを母に伝えた。〈わかったわ。明日には、休みの予定が決まると思う。すぐに連絡するわ〉と、母からのメッセージがきた。

「あのさ、それって、もしかしてニラじゃない？」と勇一郎が言った。わたしは、思わず包丁を使っていた手を止めた。カウンターの中だ。わたしは、今夜客に出す冷や奴《やっこ》の準備をしていた。冷や奴には、すりおろしたショウガと刻んだ浅葱《あさつき》を散らす。その浅葱を刻むつもりで、どうやらニラを刻んでいた。

「まあ、腰越の爺《じい》さんのことが心配なのはわかるけど、包丁で指を切るなよ」と勇一郎が言った。言うと同時に、わたしの手から包丁をとる。長ネギをまな板にのせ、細かく刻みはじめた。その背中が、大きく、頼もしかった。

翌日、母から〈休みがとれたわ〉とラインがきた。〈日本に何泊できるの？〉と訊《き》いた。すると、〈2泊よ〉という答え。〈たった2泊!?〉と送信すると、〈こっちは観光シーズンに入っちゃったから、それでもやっとなの〉と母。わたしは、うなずいた。

日本はまだ梅雨が明けていない。けれど、ハワイはもう夏の観光シーズンに入っている。だから、ワイキキにあるスーパーマーケットが忙しいのは当然だ。わたしがアルバイトをしていた日本料理店でも、このシーズンはすごく忙しかった。休みなどとれない日が続いたものだった。それを考えると、2泊というのは仕方ないかなと思った。母は、10日後の飛行機に乗るという。

わたしは、すぐ、腰越の祖母に電話をかけた。母が帰国すること、その予定を祖母に伝えた。

「そう、よかったわ」と祖母。「いまのところ、おじいさんの具合も安定してるし……」と言った。

「それは良かったです。でも……」と、わたし。「母がいったら、おじいさんは会ってくれるでしょうか」と、一番気になっていることを訊いてみた。祖母は、しばらく無言でいた。

「それは、正直、私にもわからないわ。……でも、自分がもう長くはないことを知ったり、テレビであなたのことを観たりして、おじいさんの気持ちに大きな変化があったのは確かだと思う。あとは、二人を会わせてみないと、わからないわね……」と祖母。わたしは、うなずいた。

大辻さんの庭の紫陽花《あじさい》も、日々その色を変えていく。10日後。月曜日の夕方、母は成田空港に着いた。この日、わたしは店があるので空港には迎えにいけないと伝えてある。母からは、気にしないでというメッセージがきていた。到着したこの日は成田のホテルに泊まるという。

やがて、店で仕事をしているとホテルにチェックインした母からメッセージがきた。〈今夜は、ゆっくり休むわ。疲れた顔で腰越にいったら、両親を心配させるものね〉と送ってきた。

翌朝の9時。わたしは起きると、ごく軽い朝食をすませ身じたくをした。部屋を出る。地下鉄とJRを乗り継《つ》いで、東京駅に向かった。成田からくる母と、昼過ぎに東京駅で会うことになっていた。

待ち合わせ場所〈銀の鈴〉に、もう母はきていた。栗色に染めた髪は、肩で切り揃えてある。〈Old Navy《オールド・ネイビー》〉のTシャツを着て、たけの短いコットンパンツをはいている。

母は元気そうだった。実年齢の48歳より若く見える。かなり陽灼《ひや》けしていた。湘南あたりを歩いていたら、ベテランのサーファーに見えるかもしれない。あまり大きくないスポーツバッグを持っていた。2泊の滞在なので、荷物は少ないのだろう。

母に会うのは、約2年ぶりだった。わたしたちは、軽く抱き合った。わたしの体をはなすと、「東京駅も変わったわね」と母が言った。わたしは、うなずく。「だって、29年ぶりなんでしょう」と言って笑顔を見せた。

わたしたちは、JR横須賀線に乗った。いろいろなことを話しながら、約1時間かけて、鎌倉駅へ。鎌倉駅でおりて、江ノ電に乗りかえた。そして、腰越に向かう。江ノ電の車内、母は少し緊張しているように見えた。両親、特に父親が自分を見てどんな顔をし、どんな態度をとるのか、それが心配なのだろう。

江ノ電はごとごとと走り、やがて腰越駅に着いた。ホームから道路におりる。梅雨のあい間なのか、もう梅雨は終わりかけているのか、空からは薄陽が射している。母は、商店の並んでいる道を慣れた足どりで歩いていく。当然かもしれない。19歳まで暮らしていた町なのだから……。

やがて、住宅地に入っていく。そして、祖父母の家に着いた。門の前に立つと、母は、深呼吸をした。そして、門柱にあるインタフォンを押した。
5、6秒して、「はい」という声。祖母の声だった。母が「あの」と言いかけると、

「香澄ね、入って」と祖母の声。母とわたしがくることは、もちろん知らせてある。

母は、門を開け中に入った。玄関に向かい踏み石が敷いてあり、左右には紫陽花が咲いていた。その向こうに和風の玄関がある。玄関まで3、4メートルまでくると玄関が開いた。玄関を開けたのは祖母だった。

白髪まじりの髪は、ショートカットにしてある。半袖《はんそで》のニットを着て、明るいベージュのスラックスをはいていた。わたしは、以前、ちらっと後ろ姿を見ていた。けれど、面と向かって会うのは、初めてだ。

横須賀線の中できいた話だと、祖母はもう76歳になっているはずだという。が、もっと若く見えた。もし六十代といわれても疑わないだろう。

祖母は、2、3秒、母を見ていた。そして微笑し、「お帰り」と言った。後ろから見ていても、母がうなずいたのがわかった。そして、母はゆっくりと祖母と抱き合っていた。母の方が少し背が高い。少し体を曲げるようにして、母は祖母を抱きしめていた。祖母の手が、母の背中をゆっくりとなでていた。母の肩が、小刻みに震えていた。祖母が、「よかった、元気そうで……」とつぶやいた。母は、何か答えようとしたけれど、ただ、ぐすっと鼻をすする音だけがしていた。

「おじいさんは、釣りにいってるわ。いつも通り、港の岸壁」と祖母。「たぶん、照れくさいんじゃない。なんせ素直じゃないんだから」と苦笑まじりに言った。

わたしたちは、家を出て、遅い午後の下り坂を港に向かってゆっくりと歩きはじめた。

やがて、国道134号を渡る。腰越漁港に入っていった。わたしは、風の匂いが変わったのを感じた。潮と磯っぽい匂いが、わたしたちを包んだ。腰越の漁港は広い。たくさんの船が岸壁に舫《もや》われている。船の上で漁の後片づけをしているらしい漁師さんもいる。

「あそこ」と祖母が言った。母とわたしは、そっちを見た。

船が舫われていない岸壁。釣り糸をたれている祖父らしい後ろ姿があった。サンダル履きで、小さな折りたたみ椅子に腰かけている。わきには、小型のポリバケツが置かれている。細い釣り竿《ざお》を握っていた。細かいチェックの半袖シャツを着て、首にはタオルを巻いている。真っ白になっている髪は、横分けにしているようだ。

祖母が、ゆっくりと近づいていく。母とわたしも、その後をついていく。わたした

ちは、祖父から2、3メートルのところまできた。立ち止まった祖母が、
「おじいさん」と声をかけた。けれど、祖父はふり向かなかった。

30 「あい変わらず、下手《へた》ね」

祖母が、わたしたちに小声で、「このところ、かなり耳が遠くなってね」と言った。そして、大きめの声で、「おじいさん」と呼んだ。祖父は、気がついたらしく、釣り竿を持ったまま、ふり向いた。祖母が、

「香澄とペギーよ」と言った。祖父は、白髪を七三に分け、メタルフレームの眼鏡をかけていた。わたしたちにふり向いても表情に変化はない。頰がこけて見えるのは、やはり癌のせいだろうか。

母が、ゆっくりと2メートルほど歩き、祖父と並んで立った。無言で立ったまま、

同じように海面を見ている。頭上では、カモメが4、5羽、風に漂っていた。……1、2分が過ぎただろうか、

「お」と祖父が小声を出した。当たりがあったらしく、持っていた釣り竿を大きくしゃくり上げた。けれど、舌打ちした。魚は、かからなかったらしい。何もついていない釣り針が、むなしく宙に浮いている。

並んで立っていた母が微笑し、

「あい変わらず、下手《へた》ね」と言った。すると、祖父はかすかに苦笑した。やがて、

「……娘にまで、言われたくないな」ぽつりとそう言った。

その言葉をきくと、祖母がゆっくりと二人から離れた。わたしも祖母と一緒に、20メートルほど離れて、二人を眺めた。

祖父は、また釣りバリに餌をつけたようだ。しかけを海に入れた。

祖父と母は、並んで海面を眺めている。そうして、ぽつっ、ぽつっと言葉をかわしはじめた。

わたしと祖母のところまで、話し声はきこえてこない。けれど、祖父と母は、確かに言葉をかわしていた。

ほんの短い言葉が、10秒、20秒、ときには1分ぐらいの間をあけて、かわされていた。かすかな笑い声がきこえたような気もした。

雲の間から射す夕方の淡い陽が、祖父の白髪に、母の青いTシャツの肩に降り注いでいた。吹いていく海風が、母の髪をときどき揺らせていた。近くで、船を舫ったロープがきしむ小さな音がしている。頭上からは、チイチイというカモメの鳴き声がきこえていた。わたしは目を細め、祖父と母の後ろ姿を見つめていた。心の奥に焼きつけるように、じっと見つめていた。

1時間近くは過ぎただろう。

母は、〈じゃ〉というように祖父に片手を上げてみせた。祖父も、腰かけたまま、片手を上げて応《こた》えた。母は、ゆっくりと、わたしと祖母の方に歩いてきた。その眼が、少しだけうるんでいた。

「もう、いいの?」と祖母が訊《き》くと、母はうなずいた。わたしたちは、釣りをしている祖父はそのままにして歩き出した。やがて、漁港を出た。まだ空は明るいけれど、腕時計を見ると、もう5時近かった。いまは、一年中で一番陽が長い時期なのだ。

「お腹がすいたわね」と祖母。「商店街にある〈寿司菊《ぎく》〉でもいかない？」と言った。

「父さんはいいの？」と母。すると、祖母は笑顔を見せ、「いいのよ。後で寿司折りでも持って帰れば」と言った。

わたしたちは、腰越の商店街に向かってゆっくり歩きはじめた。6、7分で、商店街らしい通りに出た。江ノ電が、路面電車のように走っている、少し古めかしい商店街を2分ほど歩くと、一軒の寿司屋があった。祖母が、〈寿司菊〉という暖簾《のれん》をくぐり入っていく。

「らっしゃい！」という声。カウンターの中に、店主らしい中年男がいた。時間が早いので、ほかにお客はいない。店主は祖母を見ると、「珍しいですね。いつもは出前なのに」と言った。祖母は、うなずく。「きょうは、おじいさんがいないから店にきたの」と言った。

「あれ、深堀のご主人は、うちの店が嫌いなんですか？」と店主。「そうみたい。あそこで出すビールは味が薄くて飲んだ気がしないって言ってるわ」と祖母。からかうような口調で言った。

「ひどいなあ、うちのビールはアサヒなんですけど」と店主。「駄目よ、うちのおじいさんは、エビスかギネスじゃないと飲まない人だから」と祖母。「じゃ、まず、味の薄いビールを大瓶でちょうだい。で、握りの〈松〉を三人前ね」と言った。

すぐに、ビールと洒落《しゃれ》たグラスが3つ出てきた。母が、グラスにビールを注ぐ。わたしたちは、なんとなく「お疲れさま」と言い、グラスに口をつけた。祖母も母も、ほぼ一気にグラスのビールを飲み干した。その動作は、驚くほど似ていた。血筋とは、よく言ったものだ。

「あれ?」と寿司を握っていた店主。ふと手を止め、こっちを見た。そして、「もしかして、香澄ちゃん?」と母に訊いた。「もしかしなくても、そうよ。やっと気がついたの?」と母。わたしに向かい、「菊池君とは、小中学校で同級生だったの」と言った。

「なんでも、ずっとハワイにいってるとか」と店主。母はうなずく。「里帰りよ」と微笑して答えた。「それにしても、勉強がまるでできなくて、いつも香澄の宿題を写してた菊池君が、ちゃんと店の後継ぎをやってるとはねえ……」と祖母。「かんべんしてくださいよ」と店主の菊池君が言った。

結局、わたしたちはビールの大瓶を3本もあけた。菊池君が握ったお寿司をたいらげ、にぎやかに話をした。祖母が勘定を払い外に出ると、もう黄昏《たそがれ》がせまっていた。祖母は、腰越の駅まで送ってくれた。

「これからは、年に1回ぐらいは、帰ってきなさいよ」と祖母。母はうなずき、「そうするわ」と言った。祖母が口にした言葉の意味に、わたしは気づいた。間もなく祖母は一人暮らしになる。それもあって、口から出た言葉なのだろう。気丈な祖母は、それ以上何も言わなかったけれど……。

やがて、電車がやってきた。母とわたしは、祖母に手を振り電車に乗った。ドアが閉まり、江ノ電はゆっくりと動き出す。祖母も、わたしたちも、手を振り続けた。ホームに立つ祖母の姿が、しだいに小さくなり、見えなくなった。

江ノ電は、すぐに海沿いを走りはじめる。空席はあったけれど、母とわたしは、ドアのところに立ち、窓からの風景を見ていた。暮れていく相模湾の海が、すぐ前に拡がっていた。沈んだ陽の残照で、雲の下側がピンクに染まっている。江ノ島の灯台が、またたきはじめている。

「これでよかったの？」と、わたしは訊いた。祖父と話した約1時間……。それで気がすんだのか、充分だったのか、少し気になったのだ。母は、じっと窓の外を流れていく海と空を見つめていた。しばらく何か考えているようだった。やがて、はっきりと、うなずいた。そして、海を見つめたまま言った。

「上出来。生きてるうちに会えたんだから」と母。またにじみそうになる涙をこらえているようだった。そして、「1時間で、29年分の話をしたわ」きっぱりと言った。

その夜、母とわたしは、東京駅の中にあるホテルに泊まった。母が珍しがるだろうと思って、わたしが予約しておいたホテルだった。部屋に入ると、ルームサービスでワインのボトルを持ってきてもらい、夜更《ふ》けまで話し込んだ。

翌日。ホテルを出ると、秋葉原にいった。母が、炊飯器《すいはんき》を買いたいのだという。わたしたちは一軒の大型店に入った。母は、珍しくいろいろ迷った末、タイマーはもちろん、さまざまな機能がついた最新の炊飯器を買った。

午後の2時半。母とわたしは、千駄木に戻ってきた。わたしは合い鍵《かぎ》を使って店を開けた。

見れば、カウンターの上にメモが置いてあった。中鴨さんの伝言だった。〈ちょっと治療にいってくる。ガモ〉とだけミミズののたくったような字で書いてあった。最近、中鴨さんは膝《ひざ》と腰の治療で、近くにある鍼灸院《しんきゅういん》に通いはじめていた。それは神林さんのすすめだった。

わたしは、冷蔵庫を開けた。夕方からの開店にそなえて、仕込みのチェックをしはじめた。母は、カウンター席に腰かけ、店内を見回している。

「それにしても、ノドが渇いたね」わたしが言うと、母もうなずいた。秋葉原の人ごみを歩き、店員といろいろとやりとりをし、炊飯器を買ってきた。気がつけば、昼ご飯も食べていなかった。ノドが渇き、お腹もすいていた。

わたしは、まずビールを出した。2つのグラスに注ぐ。1つは母の前に置いた。

「2泊4日、お疲れさま」わたしは言った。母とグラスを合わせた。グラス半分は、一気に飲み干した。

とりあえず、冷や奴《やっこ》を、母の前に置いた。初夏らしく、刻んだミョウガを上に散らしてある。母が冷や奴を箸《はし》で突ついてる間に、わたしはピッツァを作りはじめた。

低いボリュームで、〈You've Got A Friend《ユーヴ・ゴット・ア・フレンド》〉が流れていた。わたしは、店の仕込みをしながらカウンターごしに、

「ママ、ボーイフレンド、できたんじゃない？」と訊《き》いた。

「どうして？」と母。わたしは、隣りの席に置いてある炊飯器を指してみせた。さっき秋葉原で買った炊飯器。それは、相当な量のご飯が炊けるものだった。わたしがあの家で暮らしていたときに使っていたものより、さらに大きい。それは、とっくに気づいていた。母は、苦笑い。

「なかなか勘《かん》がいいわね」と言った。

「お相手は？　サーファー？」訊くと、母は首を横に振った。「スーパーマーケットの同僚よ。でも、サーフィンは好きで、よく朝一番のワイキキで一緒に波に乗ってから仕事にいったりするわ」と言った。

「やるわね、ママ。結婚する予定？」ずばりと訊いた。母は淡く微笑し、「まだ、わからないわ」と言った。

わたしは、うなずいた。母がよく陽灼《ひや》けしているのも、表情に生気《せいき》があるのも、そ

れで理由がわかった。

やがて、母は腕時計を見た。これからタクシーで東京駅までいく。そこからJRで成田空港へ。夜9時頃のフライトに乗る予定だった。母は、「ごちそうさま」と言い立ち上がった。

わたしは、大通りまで送ることにした。かなり大きい炊飯器の包みを持って、母と店を出た。不忍通りに向かって、団子坂を下る。「いいお店ね。頑張って」と母が言った。

そのとき、むこうから勇一郎がやってきた。トロ箱を持っている。わたしに向かい「今夜使うマグロ」と言った。わたしは勇一郎に、「あの、母さん」と紹介した。母には、勇一郎をどう紹介していいかとっさに思いつかず、「あの、魚久さん」と言った。

勇一郎は、「あ、どうも」と言った。母は軽く頭を下げ、「よろしく」と言った。

わたしは勇一郎に、「マグロは冷蔵庫に入れといて。できたら、さばいてくれてもいいけど」と言った。勇一郎は、「了解」と言った。店の方へ歩いていく。

不忍通りに出る。タクシーは、すぐにやってきた。母とわたしは、「じゃ」と言い、腕相撲《うでずもう》のようなハワイ流の握手をした。そして、母はタクシーに乗り込んだ。手を振っている母と炊飯器を乗せたタクシーは、大通りに走り出し、見えなくなった。

わたしは、ほっと息をついた。タクシーの走り去った方をしばらく見ていた。やがて、店に向かって戻ろうとして、ポケットからスマホをとり出した。タクシーに乗っている母にラインを送った。

〈言い忘れたけど、ボーイフレンドによろしくね〉

すぐに返信がきた。〈ありがとう。あなたの彼にも、よろしくね〉

〈わたしの彼？〉と訊いた。

〈そう。ついさっき紹介された背の高い彼。恋人なんでしょう？〉と母からのメッセージ。わたしは、30秒ほど考える。そして、母に返信した。

〈まだだけど、これからたぶん、ね……〉

わたしは、スマホをポケットに戻した。店に向かって、ゆっくりと歩きはじめた。ゆるい坂を上がりはじめた。遅い午後の団子坂に、レモン色の陽が射していた。わたしは、少し目を細め歩いていく。歩きながら、ふと思っていた。母は、波風にもまれた年月をへて、いまやっと心やすらぐ場所にたどり着いたのだろう。入口を開けただけでほっとする居酒屋のような場所にいるのだろう。もしそれが永遠のものでなくても、いいではないか。たとえひと時でも、そんな場所を持てただけで人生は幸せというものだ。

そんなことを考えながら、わたしは店に戻った。カウンターの中では、勇一郎がマグロをさばいてた。彼が顔を上げ、「いい母さんみたいだな」と言った。わたしは微笑し、「世界一の母かも」と言った。

そろそろ夕方が近づいている。わたしは、店の暖簾《のれん》を出した。赤提燈《ちょうちん》に明りを灯した。やがて、きょう最初の客が入ってきた。わたしは精一杯の声で、

「いらっしゃい！」と言った。

もうすぐ、梅雨が明ける。そして、あと10日で、わたしは29歳になろうとしていた。

あとがき

僕が生まれ育ったのは、東京の本郷《ほんごう》とその周辺だ。千駄木《せんだぎ》にある小学校に通い、根《ね》津《づ》にある神社の境内で遊んでいた。

大人になり、広告制作の仕事をはじめた。多くの仲間が青山や麻布のマンションに住んでいた。けれど、僕は本郷周辺を離れなかった。生まれ育った土地の雰囲気が好きだったことが一つと、本郷周辺にはいい居酒屋があったのがもう一つの理由だった。

僕の小説には、海外の洒落《しゃれ》たバーやレストランがよく出てくる。そういうものが嫌いなわけではないが、根本的には居酒屋とそのメニューが好きだ。

20年以上前、葉山に引っ越してきた。そこで意外に困ったのが、居酒屋がほとんどないことだ。フレンチやイタリアンの店は多いけれど、これという居酒屋がない。

そこで仕方なく、自分が包丁を握ることになる。カツオをはじめとする刺身や貝類。

冷や奴。だし巻き玉子などなど……。そんな皿をテーブルに並べて〈自宅居酒屋〉をやる日々がはじまったのだ。

そうしているうちに、一度、居酒屋を舞台にした物語を書いてみようと思った。思いたったら、スムーズにペンが走りはじめていた。

〈喜多嶋《きたじま》が居酒屋小説を？〉と思われる読者の方もいると思うけれど、安心してほしい。ハワイで生まれ育ったヒロインは、明るく、つねにポジティヴだ。ひととき迷ったり、逆風にさらされホロ苦い思いを味わっても、前を向き、凜《りん》とした姿勢をつらぬき通す。

そして、誠実に頑張った人間が必ず幸せになれるという僕の作風が、ぶれることはない。あのジョン・レノンが、最初から最後まで愛を唄《うた》い続けたように……。

今回の作品を完成させるにあたっては、KADOKAWAの担当者・宮下菜穂子さんとのダブルスでした。宮下さん、お疲れさま。

そして、この本を手にしてくれたすべての読者の方に、サンキュー。また会えるときまで、少しだけグッドバイです。

クリスマスの近づく葉山で　喜多嶋　隆

※このあとにある僕のファン・クラブ案内ですが、その後にお知らせがあります。

〈喜多嶋隆ファン・クラブ案内〉

〈芸能人でもないのに、ファン・クラブなんて〉とかなり照れながらも、熱心な方々の応援と後押しではじめたファン・クラブですが、はじめてみたら好評で、発足して18年以上をむかえることができました。

このクラブのおかげで、読者の方々と直接的なふれあいの機会もふえ、新刊の感想などがダイレクトにきけるようになったのは、僕にとって大きな収穫でした。

〈ファン・クラブが用意している基本的なもの〉

①会報……僕の手描き会報。カラーイラストや写真入りです。僕の近況、仕事の裏話。ショート・エッセイ。サイン入り新刊プレゼントなどの内容です。

②バースデー・カード……会員の方の誕生日には、僕が撮った写真を使ったバースデー・カードが、実筆サイン入りで届きます。
③ホームページ……会員専用のHPです。掲示板が中心ですが、僕の近況のスナップ写真などもアップしています。ここで、お仲間を見つけた会員の方も多いようです。
④イベント……年に何回か、僕自身が参加する気楽な集まりを、主に湘南でやっています。
⑤新刊プレゼント……新刊が出るたびに、サイン入りでプレゼントしています。
⑥ブックフェア……もう手に入らなくなった過去の作品を、会員の方々にお届けしています。

★ほかにも、いろいろな企画をやっているのですが、くわしくは、事務局に問い合わせをしてください。

※問い合わせ先
FAX　046・876・0062
Eメール　coconuts@jeans.ocn.ne.jp

※お問い合わせの時には、お名前、ご住所をお忘れなく。当然ながら、いただいたお名前、ご住所などは、ファン・クラブの案内、通知などの目的以外には使用いたしません。

★お知らせ

僕の作家キャリアも35年をこえました。そんなこともあり、この10年ほど、

〈作家になりたい〉〈一生に一冊でも本を出したい〉という方からの相談がきたり、書いた原稿を送られてくることが増えました。

その数があまりに多いので、それぞれに対応できません。が、そのことが気にかかっていました。そんなとき、ある人から〈それなら、文章教室をやってみてもいいのでは〉と言われ、なるほどと思いました。少し考えましたが、ものを書きたい方々のためになるならと思い、FC会員でなくても、つまり誰でも参加できる〈もの書き講座〉をやってみる決心をしたので、お知らせします。

喜多嶋隆の『もの書き講座』

(主宰) 喜多嶋隆ファン・クラブ
(事務局) 井上プランニング
(案内ホームページ) http://i-plan.bz/monokaki.html
(Eメール) monokaki@i-plan.bz
(FAX) 042・399・3370
(電話) 090・3049・0867 (担当・井上)

※当然ながら、いただいたお名前、ご住所、メールアドレスなどは他の目的には使用いたしません。

★ファン・クラブの会員には、初回の受講が無料になる特典があります。

本書は書き下ろしです。

ペギーの居酒屋《いざかや》

喜多嶋《きたじま》 隆《たかし》

平成28年 11月25日　初版発行
令和6年 10月30日　6版発行

発行者●山下直久

発行●株式会社KADOKAWA
〒102-8177　東京都千代田区富士見2-13-3
電話　0570-002-301（ナビダイヤル）

角川文庫 20049

印刷所●株式会社KADOKAWA
製本所●株式会社KADOKAWA

表紙画●和田三造

●お問い合わせ
https://www.kadokawa.co.jp/（「お問い合わせ」へお進みください）
※内容によっては、お答えできない場合があります。
※サポートは日本国内のみとさせていただきます。
※Japanese text only

ISBN978-4-04-104477-3　C0193

角川文庫発刊に際して

角川源義

第二次世界大戦の敗北は、軍事力の敗北であった以上に、私たちの若い文化力の敗退であった。私たちの文化が戦争に対して如何に無力であり、単なるあだ花に過ぎなかったかを、私たちは身を以て体験し痛感した。西洋近代文化の摂取にとって、明治以後八十年の歳月は決して短かすぎたとは言えない。にもかかわらず、近代文化の伝統を確立し、自由な批判と柔軟な良識に富む文化層として自らを形成することに私たちは失敗して来た。そしてこれは、各層への文化の普及滲透を任務とする出版人の責任でもあった。

一九四五年以来、私たちは再び振出しに戻り、第一歩から踏み出すことを余儀なくされた。これは大きな不幸ではあるが、反面、これまでの混沌・未熟・歪曲の中にあった我が国の文化に秩序と確たる基礎を齎らすためには絶好の機会でもある。角川書店は、このような祖国の文化的危機にあたり、微力をも顧みず再建の礎石たるべき抱負と決意とをもって出発したが、ここに創立以来の念願を果すべく角川文庫を発刊する。これまで刊行されたあらゆる全集叢書文庫類の長所と短所とを検討し、古今東西の不朽の典籍を、良心的編集のもとに、廉価に、そして書架にふさわしい美本として、多くのひとびとに提供しようとする。しかし私たちは徒らに百科全書的な知識のジレッタントを作ることを目的とせず、あくまで祖国の文化に秩序と再建への道を示し、この文庫を角川書店の栄ある事業として、今後永久に継続発展せしめ、学芸と教養との殿堂として大成せんことを期したい。多くの読書子の愛情ある忠言と支持とによって、この希望と抱負とを完遂せしめられんことを願う。

一九四九年五月三日

角川文庫ベストセラー

地図を捨てた彼女たち　喜多嶋　隆

みんな孤独だけど　喜多嶋　隆

かもめ達のホテル　喜多嶋　隆

恋を、29粒　喜多嶋　隆

Ｍｉｓｓ ハーバー・マスター　喜多嶋　隆

恋、仕事、結婚、夢……人生のさまざまな局面で訪れるターニングポイント。迷いや不安、とまどいと闘いながら勇気を持ってそれぞれの道を選び取っていく女性たちの美しさ、輝きを描く。大人のための青春短編集。

誰もがみな孤独をかかえている。けれど、だからこそ自然と心は寄り添う……。都会のかたすみで、南洋の陽射しのなかで……思いがけなく出会い、惹かれ合う孤独な男と女。大人のための極上の恋愛ストーリー！

湘南のかたすみにひっそりとたたずむ、隠れ家のような一軒のホテル。海辺のホテルに集う訳あり客たちが心に秘める謎と事件とは？　若き女性オーナー・美咲が彼らの秘密を解きほぐす。心に響く連作恋愛小説。

あるときは日常の一場面で、またあるときは非日常の空間で――恋は誰のもとにもふいにやってくる。その続きはときに切なく、ときに甘美に……。様々な恋のきらめきを鮮やかに描き出した珠玉の恋愛掌編集。

小森夏佳は、マリーナの責任者。海千山千のボートオーナー、ヨットオーナーの相手をしつつも、ハーバー内で起きたトラブルを解決している。そんなある日、彼女のもとへ、1つ相談事が持ち込まれて……。

角川文庫ベストセラー

鎌倉ビーチ・ボーズ　喜多嶋　隆

住職だった父親に代わり寺を継いだ息子の凜太郎は、気ままにサーフィンを楽しむ日々。ある日、傷ついた女子高生が駆け込んで来た。むげにも出来ず、相談事を引き受けることにした凜太郎だったが……。

生贄のマチ　特殊捜査班カルテット　大沢在昌

家族を何者かに惨殺された過去を持つタケルは、クチナワと名乗る車椅子の警視正からある極秘のチームに誘われ、組織の謀略渦巻くイベントに潜入する。孤独な潜入捜査班の葛藤と成長を描く、エンタメ巨編！

解放者　特殊捜査班カルテット2　大沢在昌

特殊捜査班が訪れた薬物依存症患者更生施設が、何者かに襲撃された。一方、警視正クチナワは若者を集めたゲリライベント「解放区」と、破壊工作を繰り返す一団に目をつける。捜査のうちに見えてきた黒幕とは？

十字架の王女　特殊捜査班カルテット3　大沢在昌

国際的組織を率いる藤堂と、暴力組織〝本社〟の銃撃戦に巻きこまれ、消息を絶ったカスミ。助からなかったのか、父の下で犯罪者として生きると決めたのか。行方を追う捜査班は、ある議定書の存在に行き着く。

チャンネルファンタズモ　加藤実秋

元エリート報道マン・百太郎が再就職したのは、心霊専門CS放送局!? 元ヤンキーの構成作家・ミサと天才霊能黒猫・ヤマトと共に、取材先で遭遇したオカルト的事件の謎を追う！

角川文庫ベストセラー

ご依頼は真昼のバーへ
Barホロウの事件帳
加藤実秋

神楽坂の裏通り。朝オープンのおかしなバーへ、幼なじみの楓太に連れられた就職浪人中の隼人は、謎のイケメンバーテン・イズミのせいで素人探偵をするハメに。だがその日常にふと、ある殺人の記憶が蘇る……。

草の穂をゆらす
つれづれノート㉖
銀色夏生

サコの高校受験を終え、カーカも一人暮らしに慣れてきた模様。新しい春を迎える銀色家は、行きつ戻りつしながらも、小さな歩幅で確実に歩んでいく。未知が待ち受ける世界へ、自分の人生はまだ続いていく。

石とまるまる
つれづれノート㉗
銀色夏生

抽象的な人生の目標は、長く自分を支えてくれるお守りになる。子どもたちが悩んでいても、きっと答えは出るはず。私だってそうして幾つもの壁を乗り越えてきた……温かい眼差しで日々の生活が営まれていく。

運動の半年
つれづれノート㉘
銀色夏生

半年間、運動をやってみる！　と一念発起して、スポーツクラブに通い始めた銀色さん。そこは、社会でも家でもない、異次元空間。新たな発見をすることに。1日を大切に過ごしたい……大人気エッセイ28弾。

土から芽がでて風がそよそよ
つれづれノート㉙
銀色夏生

目標にしていた運動を半年間続け、パワーアップした銀色さん。今度は外の世界に飛びだすことに。ファンとの交流、イベント、旅行など大忙し。子どもたちもそれぞれ成長している。一方クマちゃんはというと……。